꽃처럼 향기처럼

꽃처럼 향기처럼

ⓒ 김영배, 2025

초판 1쇄 발행 2025년 5월 12일

지은이	김영배
펴낸이	이기봉
편집	좋은땅 편집팀
펴낸곳	도서출판 좋은땅
주소	서울특별시 마포구 양화로12길 26 지월드빌딩 (서교동 395-7)
전화	02)374-8616~7
팩스	02)374-8614
이메일	gworldbook@naver.com
홈페이지	www.g-world.co.kr

ISBN   979-11-388-4267-9 (03810)

———— 제7시집 ————

꽃처럼 향기처럼

어쩌다 마주친 그대 향기 내 마음 빼앗아

김영배 지음

좋은땅

시인의 말

자꾸 오리라 한 봄날의 약속을 더디게 하는 늦추위 생떼에 마음마저 움츠러든다. 그 언제가 봄날이었나? 오는 봄은 어찌 더디 오는가? 언젠가 봄이 오겠지. 하지만 봄볕을 느끼려는 순간 저 멀리 떠나가 더운 기운 온몸을 감싸겠지.
그래도 길을 가야 하는 인생, 허덕이며 주린 마음의 배를 채우느라 몸부림도 하고 때론 파란 하늘 보며 웃음꽃을 피우기도 한다.

삶은 연습이 없다. 발걸음 하나, 작은 몸짓, 내 시선이 머무는 곳, 들꽃의 유혹에 잠시 마음 흔들리는 것도 지울 수 없는 온전한 나의 삶의 노래이리라.
살다 보면 뛰어갈 때도 있고 쉬었다 갈 때도 있으리라. 물 좋고 정자 있는 곳이라면 더욱더 좋으리라.
내 마음의 눈길 빼앗아 간 산천초목 친구로 하고 밤하늘 희미하게 빛나는 별빛도 나의 친구다. 지나온 날들, 누군가와 겹쳐서 바라볼 수 있다면 누군가는 내 마음의 보물 창고 함께 거닐 수 있으리라.

봄 오는 소리 들을 수 있을까? 한겨울 얼어붙은 마음으

4

로 지켜낸 소중한 꿈, 인간미 흐르는 가치와 솔향 머물다 간 그 자리 함께 나눌 수 있는 그런 사람이 그립다.

삶은 소중한 자산이다. 어떤 꿈을 가지고 어떤 삶의 방향을 가지고 살아야 할까? 무심코 지나다 마주친 들꽃 향기의 손짓에 내 마음도 그곳에 머물고 싶다. 《꽃처럼 향기처럼》살고 싶다.

농부는 굶어도 씨앗은 베고 죽는다는 말이 있다. 현실이 꿈을 깨려 할지라도 품에 넣어둔 꿈을 삼킬 수 없다는 뜻이리라. 좀 더 길어진 겨울 추위가 옷깃을 파고들지만, 그래도 양심을 울리는 소리에 귀 내어 주고, 봄볕 드는 언덕에 피어난 매화꽃 따스한 눈길에 내 마음도 내어 주고 길을 가고 싶다. 그날이 오리라. 봄볕 머물다 간 그 자리. 가난하고 배고픈 사람, 약하고 상처받은 사람들의 마음자리에 봄볕 드는 그날.

2025년 2월 21일 금요일
안산 댕이골에서 저자 김영배

차례

1장 품에 넣어둔 꽃씨
(2021년 11월~2022년 2월)

2장 봄볕 드는 언덕
(2022년 3월~2022년 5월)

3장 철드는 여름 고목
(2022년 6월~2022년 8월)

4장 가을 나무 끝에 달린 홍시
(2022년 9월~2022년 10월)

5장 짙어 가는 나그네 골목길
(2022년 11월~2022년 12월)

품에 넣어둔 꽃씨

(2021년 11월~2022년 2월)

마지막 잎새 / 野花今愛 김영배

나 혼자 남았다
나보고 어쩌라고!

붉게 물든 빛깔 보고
멋있다, 아름답다 하는데,
그 푸르던 청춘 다 어디 가고
황혼의 물결만 요란하나?

젊은 날 함께했던 친구들
어디쯤 가고 있을까?
혼자 남아 널따란 하늘
무심코 쳐다보고 있을까!

바람 쌀쌀맞게 불어 대고
늦가을 비 촉촉이 낙엽 적시고
하나 남은 잎새마저 뒤흔든다
버티기 힘들다 팔 힘도 떨려 오고,
튼실했던 다리도 흔들린다

낮의 해 왜 이리 짧나?

따스한 햇볕도 쉬 지나고 마는구나
나만 남겨 두고 다들 어디로 떠났나?

그래도 버티라고?
나 혼자 남았는데?
겨울 먹구름도 가까이 다가온다
그래도 가지 잘 붙들고 견디라고?
하나 남은 내가,
누군가의 희망일 거라고?

내가? 내가 희망!?
정말?

* 野花今愛~김영배 저자의 필명으로 사용

막 문 열어 놓은 길

12월 막 문 열어
겨울 길 재촉합니다
친구처럼 세찬 바람, 가슴팍 파고들고
부르지도 않은 빗발
길 촉촉이 적셔 놓았습니다

무엇을 심었든 다시 거둘 텐데,
세월 흐를수록 살아온 여정
물든 색깔 살피게 됩니다

계절의 흐름 거부하지 않고
높은 가지 달려 까치에게 내어 준 감
조물주 손길에 순응합니다

민들레 홀씨처럼 바람 부는 대로
이리저리 날다 떨어진 곳 터 삼고
봄바람 기다리는 작은 씨앗
마음 전해 옵니다

손 시리고 마음 시린 겨울 길

종종 변치 않고 찾아드는 햇살
젖은 마음 내놓을 때도 있을 터이니
나그넷길 재촉합니다

먼 데서 오는 친구처럼
반가운 기억들
추억의 보물 창고에 가득하길
문턱 넘으며 소망의 씨 하나
심고 갑니다

혼적 남기지 않고는

세월은 불러도
대답이 없습니다

꿈도 스쳐 가듯
그리운 님 달밤에 구름 가듯
함께 떠내려갑니다

헛되이 보내지 않으려
얼마나 붙들고 몸부림했는지
흘러간 물로는 물레방아
돌릴 수 없다는데…

할 수만 있다면 끌어올려
다시 흐르게 하고 싶습니다
이 몸 물 퍼 나르는
바가지라도 되어

세월의 강물, 어디로 보냈느냐?
내 눈길 마주치지 않은 너
내 손길 맞잡지 않은 너

내 발길 닿지 않은 너
입김 뿜어내며 마주친 얼굴 외면한 너
어디에 흔적 남겼느냐?

밤이슬 젖기까지
다시금 다짐하고 또 다짐하는
내 마음아!

세월아!

님, 보내지 않아도 떠나고,
그는 오라고 하지 않아도
은밀히 다가옵니다

보내는 님이나
밀고 들어오는 그 님이나

무슨 사연 만들어 놓는지
무슨 얘기 꾸며 놓는지
내 마음자리 머물다 갑니다

다시 만나는 기약
다시 반기는 기약
하고 가련만…

숨 쉬는 숲

길이 낸 길 걷는다
길 따라 숲으로 향한다
발걸음 옮길 때마다
차 소리, 사람 소리 멀어지고
숲의 꿈꾸는 소리 듣는다

12월 오후 다섯 시 강물 흐른다
떡갈잎 한 아름 따다가
뿌려 놓은 길 걷는다
발길 옮길 때마다
숲, 손뼉 치며 부르는 노래 듣는다

세월의 무게 버티다 쓰러진 고목
그 자리에 가만히 누워
다가올 봄날 꿈꾼다

간벌작업으로 쓰러진 밤나무, 소나무
푸르던 기운 내려놓고
자연의 품에 적응하려 숨죽여 엎드린다

어둠 숲속 숨어들 때면
산새 소리 잦아들고
구름 사이 벌건 가슴 내보이며
푸른 하늘 멀어져 간다

숲 끌어안은 어스름 길 따라
숲속 내어준 품으로 걸으면
고요히 흐르는 세월 여울지듯
그대 반겨 놓지 않으리라

절실

이십 대 청년 신학도(神學徒)
추운 겨울날 갈 곳 없어
빈 예배당에 떠는 몸 눕힌다

웅크리고 잠을 청한다
식어 가는 심장으로
내 몸을 데우며

얼마나 더 차가운 잠자리
더듬어 찾아야 하나?
꿈속에라야
외로움, 추위 잊힐 텐데

무슨 절실함 있어
차가운 겨울, 긴 의자에
지친 몸 뉘었나?

회색빛 하늘

하늘은 회색빛
인생의 그림자도
회색으로 덧칠한 듯 뿌옇다

저 언덕 넘고 물길 하나 건너면
적어도 내겐 밝고 맑은
새 아침의 태양 떠오르리라

회색빛 하늘
너도 하늘의 한 자락
너의 빛깔 드리워
찬란한 아침 해
더 빛나리라

나는 기다리리라
반드시 그날 오고 말리라
기다리는 눈길만 거두지 않으면…

머물지 않고 떠나려 하네

떠나려 한다
보내지 않아도 떠나려 한다
다 하지 못한 숙제를 두고
학교에 가는 학생처럼
무거운 마음을 안고 간다

보내야만 하는 이도 있으리라
떠나가 주면 고마운 것도 있으리라
내쫓지 않아도 살며시 바람 따라
저 멀리 가 주면 얼마나 좋을까?

떠나려 하는 해
멀어져 가는 해
꼭 시원하지만 않으리
한 해 저물어 갈 때,
한 인생 저물어 가는 이도 있으리라

조금 더 함께 정 나누고 싶고
못다 한 사랑도 하고 싶은데,
세월의 강물, 게으름 없이 흘러만 간다

안동 처가댁에서 전화가 왔다
장모님, 건강 급작스레 나빠져
119차로 노인 요양병원에 입원하셨단다

눈물로 전화 받는 아내 목소리
마음 찡하다 작년 추석 때만 해도
구순 넘은 장모님, 걷는 건 물론
승합차 손잡아 주지 않아도 홀로 타셨는데…

언젠가 우리도 그 자리에 서리라
언젠가 우리도 그 자리에 누우리라
한 번은 경험할 그 자리
무슨 마음으로 맞이하고
보내는 사람에게 뭐라고 말할까?

2021년 12월 21일 화

사랑 고백의 길

단 한 번 결심으로 하늘에 별 달아 놓고
태양으로 온 세상 밝혀
이 땅에 올 길 마련했습니다

단 한 번 사랑 고백으로
사람의 몸을 입고
낯선 땅 찾은 그 사람의 아들
반기지 않은 사람들 틈에 나셨습니다

하늘나라에서 이 땅으로
어둠의 길을 찾아온 머나먼 이사의 여정
멸망치 않고 영원한 생명 얻도록 왔건만
사람들 시선 차갑고 낯설게 대합니다

반기는 한 곳 없는 그 사람의 아들
그는 갈 곳 없습니다
암행어사 마패 살짝 보이듯
몇 번이고 당신 메시아인 걸 보였으나
사람 눈길과 그의 눈길
역 평행선을 향하고 있습니다

다른 사람의 머리
발로 밟고서야 만족하는 그 사람들
다른 사람 가진 걸 빼앗아
자기 집 울타리에 두어야
행복한 웃음꽃 피는 사람들

외롭지만 가야 할 길
아무도 따라오지 않고
배반으로 당신을 팔고
자신이 살아남기 위해
자신의 생존을 위해
저주하고 맹세한 사람들 위해
그 사람의 아들은 결심합니다

죽음으로 불신과 배반을 죽이고
들린 사랑으로 탐욕
멸망 깨뜨리기 위해
당신의 육체 십자가에 내려놓았습니다

별 희미하게 빛나는 밤
이 땅에 오신 그 사람의 아들
그를 찾는 사람들에게
끊이지 않는 노래 되었습니다

떡집 마구간에서 태어난 그 사람의 아들
그는 가난하고 외로워
그를 찾기만 하면 만날 수 있는 곳에 있어
그를 부르기만 하면 들을 수 있는
만질 만한 거리에
외로운 자리 마련해 두고 있습니다

그와 눈빛 마주한 사람들 눈동자
평생 사라지지 않는 별처럼 빛납니다
처음 성탄의 감격을 맛본 사람의 마음
평생 사라지지 않는 평화의 강물 흐릅니다

31

태양, 비, 바람 그리고 그대

동해에 은근히 떠올라
푸른 희망 심겨 두며
함께 가자던 친구 같던 태양

북풍한설에 온몸 떨며
작은 햇살이라도 더듬어 찾을 때
작은 미소 띠던 그대
추운 날, 그냥 곁에 있어 주기만 해도
반갑고 따스했던 그대 손길

언덕 너머로 다가오는 발걸음 소리
온 산과 들에 숨어 있던 작은 꽃송이
너도나도 뛰어나와 춤췄었지

가까이 다가가면 너무 뜨거워
견딜 수 없을 땐
가랑비, 소낙비와 함께 어우러져
기나긴 날 우리만의 이야기 수놓던 그대!

지지 않고 영원히 빛날 것 같았던

그대 얼굴의 햇살, 이제 서서히 지는구나
그냥 가는 줄 알았더니
가지마다 달콤한 열매 달려 두고
산과 들에 지울 수 없는 황홀한 그림
내 마음속으로 드는구나

하늘 눈 내릴 때면
벌건 낯 살짝 숨기고
흐린 날 지치고 고달파 갈 곳 헤맬 때
다시 찾아온 환한 얼굴
다가오는 그대, 내 친구로다

세월, 말 걸어올 때

뭐 하다 굳은살 생겼나?
뭐 하다 해 지는 줄 모르고
어두운 골목길 찾아드나?

내가 바라본 게
나의 기쁨 되고
나의 얼굴 되었지

내 손과 발 움직인 거리
오늘 나의 능력 되었다

무심한 세월 보내지 않아도
정도 없이 떠나간다고, 말하기 전에
얼마나 세월 붙잡고
말을 걸어 보았나?

왜, 내게 인사도 없이 가는지
왜, 잠자는 시간은 쉬지 않는지
왜, 험한 세월은 그렇게 느린지?

흐르는 강물 따라

얼굴마다 무슨 그림 그렸는지

패인 계곡마다

무슨 이야기보따리 숨겨 두었는지?

어두운 흔적

사랑의 동산 에덴
강물 동서남북으로 흘러
기화요초(琪花瑤草) 만발하네

너와 나 마주한 눈동자
에덴의 생수로 씻어 낸
맑은 꿈 피어난다

마음에 흘러나온 물결
바라보는 곳마다 머물고
에덴에서 흐르는 강물
온 세상을 향하누나

어두운 밤이면
씻기고 문지르다 하얗게
지샌 밤 몇 날인가?

한 번 바라봤을 뿐인데,
내 마음 빼앗기고 말았으니
그대 이름 무엇인가?

밤이면 모든 걸 감추는데
여유 없이 떠오르는 태양이여!
감출 곳 어디 없구나

숲, 들려주는 노래

숲을 걷는다
깊숙이 가면
어느새 숲과 하나 된 나
어디가 숲이고 어디가 나인가?

귀만 내어 주면
속삭이는 숲의 소리
마음만 내어 주면
평화 버무린 아름다운 노래

상한 마음도 품어 주고
외로운 사람에게
너른 가슴도 내어 주누나

거친 세상으로 향할 때
하늘의 맑은 정기
가득 채워 보내온 숲

언젠가 돌아올 그날 위해
푸른 가슴, 너른 마음으로
달빛 그늘 품는다

꿈 품은 태양

누군가 공중에 달아 놓은 새해 밝았습니다
누군가에겐 꿈을 잃은 태양
누군가에겐 꿈을 품은 태양
누군가에겐 처절한 현실

선물로 받은 사랑과 역사의 무대
땀과 눈물 흘리며 거친 땅에서
땅속 깊이 꿈 뿌리내리기까지 몸부림치며
심고 또 심고 가꿔야 단맛 나는
나의 이야기를 쓸 수 있겠지요

그래도 희망을 주는 한 해라고
두 팔 활짝 펴고 다가오는 태양
그 약속 땅에 이루어지는 때
반드시 가지고 오겠다는 열기 품고
동녘에 솟은 붉은 태양
일렁이는 태평양 건너 설악산 넘고
차가운 겨울 들판 지나서
내 앞마당으로 다가옵니다

하나뿐인 태양 나래로
멋지게 꾸며 놓을 사계절
한 번뿐인 인생이기에, 기대합니다
이왕이면 사랑과 평화의 물
퍼 나르는 무대 꾸며 보겠습니다

복 있는 길로, 보람된 기쁨 솟는 길로
창조주 경외하고 사랑하며
함께 걸어가는 이웃과 더불어 아름답고
선한 일에 부유한 복된
한 해이길 소망합니다

가난한 마음

어떻게 하면 마음, 가난해지려나?
어떻게 하면 심령, 가난해지려나?
세상 모든 것, 다 갖는 꿈, 포기하면 될까?
누구나 한 번쯤 꾸는 꿈
나도 한번 대통령이나 해 볼까?
이런 생각한 거 지우면 될까?
사내로 태어났으면
대장 자리 한번 앉아 봐야지

대표의 자리에서 물러나면 될까?
총회장 자리 버리면 될까?
교황의 자리에서 내려오면 될까?
말로는 섬기는 자리
섬김 받는 데, 익숙하니
어떻게 마음 가난해질까?

잘난 사람 홍수 속에서 얼마나 더
외로워해야, 그 자리 이를 수 있을까?
칠흑같이 어두운 밤, 긴긴 겨울밤
견뎌 내면 그 마음에 이를 수 있을까?

무심한 세월 조용히 흘러간다
기다리지도, 잘 간다는 인사도 없이
도둑처럼 한밤중에 몰래 왔다가
이슬처럼 새벽녘 흔적만 남기고 떠난다
내 헝클어진 마음 그대로 둔 채

어찌할꼬 이 마음을?
게으름 한 번 피운 적 없이
새벽이슬 머금은 태양
도둑처럼 다가오니 어이할꼬?

흐르다 마를지라도

하늘 어디론가 사라진 듯
얼굴 감추고 말았으니 어디로 갔을까?
다시 오려면 얼마나 기다려야 할까?

길 미끄럽고 하늘은 뿌옇게 장막 쳤다
그 누가 가려 놓았나?
무심코 던진 욕심 태운 연기
맑고 정의로운 하늘 갈망하는 눈길
가슴이 막혀 온다

밤사이 눈 덮인 한라산
기다란 그림자로 동녘 지켜본 설악산
매일 검은 연기 마시고도
우뚝 솟아오른 북한산 인수봉

하늘과 땅 하나로 이어 주는 뜨거운 가슴
동토(凍土)일지라도
하나둘 녹여 낸 물 한 바가지
흘려보내야지
흐르다 마를지라도

추위 끈을 붙잡고

저 높은 하늘에서 함박눈이 내린다
돌덩이 같은 무게라면
하늘 원망하고 두려움에 떨었으리라

하얀 떡가루처럼 펄펄 내린다
두 어깨 들썩이며 춤추듯 흥겹게 노래하듯
나뭇가지, 장독대, 아이들 뛰노는 골목길
미음은 벌써 추억의 동산 눈사람

눈 내리는 울타리 사이
추억의 그림 하나둘씩 그려 낸다
돌아갈 처소 점점 멀어지고
정든 집 찾아가는 자동차 곡예 하겠지

이십사절기 중 마지막 절기 대한(大寒)
큰 추위 이번 마지막 고비겠지
태고에 인간과 한 약속 지키려는 듯
새하얀 붓으로 저만큼 돌려놓은 지구

펑펑 내리는 눈 따라 마주한 겨울 끝

기다리던 꿈꾸는 자의 환희 맛볼
봄의 시작 알리는 끈 붙잡는다

새로 단장할 봄 문 앞인데
겨우내 꿈 먹고 자란 땅속 새싹들
봄 마중 나가 볼까?

역사의 수레바퀴

권력의 피를 마신 자들의 근성
또 다른 피를 찾아 충혈된 눈
이리저리 번뜩인다

악인이 자기 가슴을 치는 예가 있나?
도리어 다른 사람의 가슴을 치고
그것으로 악(惡) 먹은 트림하겠지

역사의 수레바퀴 어디를 향하여 도나?
포도송이 밟는 바퀴는 포도즙 만드는데
한 바퀴 두 바퀴 돌 때
역사의 수레바퀴에 깔려
피 흘리는 자 누구인가?

피는 생명인데
생명 살리는 피라야 하리라

저 달은 내 마음 알까?

설 명절이 코앞이다
십 대 때부터 천 리 타향살이
얼마나 기다리고 그리워했던 설날인가?

그렇게 설레고 그립던 때
천 리 타향 고생길도
이날의 그리운 마음에 모두 녹아내렸다

어느덧 고향 그리운 사람 숨고 말았다
썰렁한 고향집
주인 잃은 장독대 무성한 앞마당
거미줄 무성한 처마

마음 둘 곳 없다
그립다 스러지길 몇 곱인가?
명치 깊은 곳까지 푹 찌르듯
그리움 밀려온다

그리워할 수 있는 것만도 복인데
불러 볼 사람 있는 것만도 은혜인데

아! 애타는 마음
그 어디 가서 달랠 수 있나?

무심한 세월의 강물에 그리운 어머니
저 멀리 떠나가고, 함께했던 형제들
마음은 청춘인데
어느새 노인네 얼굴로 떠내려간다

골목길 함께 놀아 주던
저 달 내 맘 알까?
고향 찾을 때마다 한없는 자애로
바다보다 더 넓은 품으로 반겨 주던
그 어머니 손길, 어디 가서 찾아보나!

좋은 아침

동해 물로 깨끗이 씻어 낸
수줍은 태양의 간지러운 노래
들을 수 있으니 아이 좋아라!

찬란한 햇빛 눈 마주치는 순간
넋을 잃고 그저 바라만 본다
풀잎에 매달려 스러질 듯
그네 타는 수정 같은 아침 이슬

밤새 동녘 향해 걸어 나온
나그네의 길어진 그림자
반기는 아침 인사

종일 곁을 내어 주어도 싫다 칭얼대는
몸짓도 없이 서녘 하늘 붉게 물들고
검은 장막에 갇히는 순간 다시 오마
약속하고 떠나는 태양

잠깐 눈 깜박이면
좋은 아침, 아이 좋아라!

누구시죠?

열심, 최선인 줄 알았다
경쟁에서 이기는 성취감
그 희열, 인생의 보람 아닌가?

성공할 수 있다면 어디든 가리라
영광 얻을 수 있다면 무엇이든 하리라
끝 모르고 달려가는 인생
멈춤 신호 앞에
갑자기 서 본 적 있는가?

내가 지금 어딜 가고 있지?
내가 지금 무얼 하고 있지?
너는 어디 가고 있느냐?
너는 지금 무얼 하고 있느냐?
누구시죠?

나는 네가 핍박하는 진리다
나는 네가 업신여기는 생명이다
나는 네가 멸시하는 사랑이다
그럼 난, 어쩌죠?

사랑아! 그 어디서

일생 부르다가 말
이름이었나?
태초에 품은 꿈을 따라
이 땅에 사랑으로 찾아온 그대여!

네가 없으면 나도 없고
네가 있는 곳에 나도 함께했지

세상 끝날까지 함께하자던
그 약속 어디 두고 광야에 홀로 서서
그대의 이름 부르게 하는가?

믿을 수 없는 걸 믿어야 하고
들을 수 없는 걸 들어야 하고
바랄 수 없는 걸 바라야 하기에

사랑아!
천국에서 만나 보자!

두드림

아직 밟아 보지 못한 땅 있습니다
해가 갈수록 낯선 땅으로 굳어 갑니다
아직 넘어 보지 못한 고개 있습니다
무릎 흔들리는데 고개 높아만 갑니다

아직 올라 보지 못한 산 있습니다
오르고 또 오르면 못 오를 사람 없다는데
보고도 오를 수 없으니 어찌합니까?

아직 건너 보지 못한 강 있습니다
얼어붙은 강, 봄날 코앞인데
이번엔 흐르는 강물에
노 저을 수 있을까요?

아직 열어 보지 못한 마음이 있습니다
얼마나 더 따스한 정 나눠야
열린 마음 볼 수 있을까요?

아직 심어 보지 못한 나무 있습니다
천년만년 자라날 푸르고 푸른 나무

영원히 마르지 않을
나무 한 그루 어디 있나요?

두드리면 열리나요?
그 약속 아직도 유효한가요?
얼마나 더 아린 가슴 달래야
그날을 볼 수 있나요?

혼자서 흘리는 눈물

침상에 누워 있는데 자꾸 눈물 난다
찔끔찔끔 눈물이 난다

코로나19 질병에 걸려 꼼짝도 못 한다
난 다른 가족보다 더 심하게 아프다
바보처럼 아프다 참아도 아프다
잠도 제대로 잘 수 없다
뭘 하려고 해도
할 힘과 의지도 바람 빠진 풍선 같다

경계에 경계 더하기 위해 가족
내 형제들에게 알렸다 응원의 글
소고기도 보내왔다 고맙다 감사하다

경계에 경계 더하기 위해 평소 마음
나누는 곳에 코로나19 확진 사실을 올렸다
여러 친구의 응원 문자 힘이 된다

1976년 겨울 화곡동 성모병원 누워
정신 혼미해져 갈 때

소리 없이 속으로 주기도문 반복해서
외우던 때가 떠오른다

그때 아픈 몸 이끌고 고향에 내려가
청운의 꿈 이어 가려고 아버지께
중학교에 가서 밀린 납부금 내고 졸업장
찾아오라고 부탁했다
시간이 지나 받을 수 없다는 돌아온
아버지 대답은 베개 눈물에
흠뻑 젖기까지 좌절하게 했다

김창옥 소통 강의 찾아 자주 듣는데
왜 자꾸 눈물이 나나?
찔끔찔끔 눈물 훔쳐 낸다

중학교 입학 당시 유독 나 혼자만
교복 입지 않고 서 있는 내가 보인다
얼마나 힘들고 어려웠을까?
텅 빈 운동장으로 달려가
꼬옥 안아 주고 싶다

매일 담임에게 납부금 못 낸 것 때문에
시달리고 종종 책상에 올라 손바닥,

발바닥 종아리, 무릎 꿇고 허벅지까지
매를 맞아야 했다
'이 질긴 놈'이라는 말도
온몸으로 받아 냈다
설마 사랑을 빼고 때렸을까?

난 중학교 3년 다녔으나 다닌 게 아니다
학다리 중고등학교 함께 졸업하는 날
졸업 명단에 내 이름은 없다
졸업식 구경이라도 한번 해야지
눈발 날리는 겨울 졸업식장
많은 선배, 동료들 졸업장과 꽃다발 들고
축하 받으며 사진 찍기에 바쁘다

난, 혼자다 내 곁에 아무도 없다
난, 눈물도 흘리지 않았다
부모님 원망해 본 적도 없다
너무 외롭고 쓸쓸하다
지금 당장 달려가 그 소년을 안아
주고 싶다 괜찮니? 고생했다
또 다른 길이 있을 거야!
넌 할 수 있어
졸업장이 다가 아니야!

ACTS 신학대학 시절 참 많이도 굶었다
걸어 다닐 힘도 없었다
형과 동생 자취방에 신세 지며
일주일에 한 번씩 신림동 언덕 위
집으로 올라갈라치면
중간에 쉬었다가 다시 가야 했다

코로나19 걸려 무기력하게
끙끙 앓고 있다
ACTS 다닐 때 학우의 응원 문자 왔다
이상태 형제다

〈저는 ACTS 졸업하던 전날
형님과 기숙사 방에서 아브라함이 손님을
접대했던 것을 교제하며 형님께서
나누셨던 말씀을 잊을 수가 없습니다.〉

나는 답을 보냈다
〈상태는 멋진 인생 살고 있어!
God bless you all.〉

요새는 자꾸 찔끔찔끔 눈물이 난다
왜 그럴까?

그 언제나 마음껏 울어 볼 날 오려나?
지금 소리 죽여 찔끔찔끔 울어야 한다
뭘 했다고 시원하게 울겠나?

눈물로 나를 나 되게 한
사랑하는 어머니, 아버지!
그립고도 그립다
어머니는 멀리 계셔도 내 외로움 곁에
내 서러움 곁에 계셨다
고난받는 형제들, 그리고 친구들
땀으로 눈물을 대신해
그날에, 울어 볼 날 후회 없어야 하겠지

나는 찔끔찔끔 눈물 닦아 낸다
혹 누가 볼까 봐 누가 눈치챌까 봐
울 수 있다면 복 있는 사람이라던데
못다 한 사랑 때문에
갚지 못한 은혜 때문에 찔끔찔끔 눈물 난다

2022년 2월 11일 코로나19 걸려 침상에서

혼자 있으면

코로나19에 걸려 끙끙 앓는다
왜?
아플 땐 혼자일까?
나는 아픈데, 옆에 있는 사람은
안 아프나 보다

아프니 작아진다
지구 가장 낮은 곳에
손을 뻗어도 잡히지 않는 땅 깊숙한 곳
혼자 내려와 있는 느낌이다

아프다 입맛도 없다
왜, 마음조차 아플까?
참 작은 나 자신을 만난다

누가 내 마음 알까?
멀리 떨어져 있으나 따뜻한 마음
내 마음의 창을 두드린다

따스한 기운이 문틈으로 스며든다

봄이 오려나 보다
누구나 알아볼 봄
너와 나 뛰어나가 반길
봄이었으면 좋겠다

조금만 더 견딜 용기를

봄 턱을 넘은 것 같으나
찬바람 기세 여간 아닙니다
가난한 사람들에게는
왜 추위가 더 느껴질까요?

입춘 지났으니 조금만 더 기다리면
봄 동산 맞이할 날 기대하게 하소서
깔딱 고개 넘고 있는 사람들
조금만 더 견디게 하소서

살아가다 지치고 힘들 때
소망 멀게만 보이는 사람들에게
살아갈 이유와 용기 허락하소서

병들어 신음하는 사람
숨쉬기조차 힘든 사람들
그 누구의 위로가 필요할까요?
신의 손길로 다가가 주소서

마지막 잡은 끈

놓아 버리고 싶은 충동 느끼는 사람들
곁에 함께하는 사람의 따스한 온기
느끼게 하소서!

무엇을 말하는가?

처음 창조된 날부터
천년을 하루같이, 빛나는 태양!
하루도 멈추지 않고 저 바다 건너기까지
출렁대는 파도 바위라도 부서지는 모래알

밤하늘 빛나는 별 하나둘 세다가
하늘의 약속 새겨 본 사람이여!

말없이 삼백 년 살아간 흔적
무엇이 복인지? 무엇이 사랑인지?
보여 준 그대여!
무엇이 그대의 가슴 설레게 하였나?

선한 것 날 수 없는 동네, 나사렛
크기에 작아질 수 있었고 위대하기에
초라한 자리 당당할 수 있었으리라

그대! 사랑이기에 죽음의 땅에
사랑의 꽃이어라

땅에 살아간다는 거

우주에 빛 하나 떨어졌다
처음 세상에 눈 떴을 때
난, 누구의 부름에 응한 것인가?

배우는 게 아는 것인가?
아는 게 배웠다는 것인가?
안다는 건 살아간다는 거
살아 낸다는 거 아닌가?

산다는 거, 참되게 산다는 거
인간답게 산다는 거,
오고 오는 별들 밝았다가 흐려질 때

천년을 하루같이
하루를 천년같이 흐르는
강물에 사랑이라 쓸 수 있는가?
조물주가 피조물로 산다는 거
피조물이 조물주로 산다는 거
얼마나 큰 모순인가?

유성처럼 짧은 인생의 길
살다 보면 기나긴 인생 여정
사랑을 산다면
땅에 생명을 묻어야만 하나니
어쩌랴! 그 길을!

2장

봄볕 드는 언덕
(2022년 3월~2022년 5월)

해바라기 만발한 꿈

갑자기 밤하늘에 별보다
빛나는 물체가 떠오릅니다
세상에 밝은 희망을
품어 오는 빛이 아닙니다

빛을 보는 순간 폭발에 휩싸여
건물이 무너지고 사람들의 아우성
밤하늘에 울려 퍼집니다

우크라이나를 침공한 러시아
약자는 강자를 때릴 수 없습니다
강자는 힘으로 상대 굴복시키려 듭니다

수많은 사람이 피난길에 나서서
도로를 가득 메웠습니다
또다시 포성이 울리고
고층 아파트에서 불길 솟아오릅니다

여기저기 미사일 떨어져
건물이 부서지고 시체가 난무합니다

사랑하는 가족을 잃고 울부짖는 소리
하늘을 울립니다

악을 행한 자는 반드시 망할 것입니다
총칼로 파괴할 수 있을지언정
지구촌에 있는 한 생명도
살릴 수 없습니다

두 손 모아 기도합니다
칼을 쓰면 칼로 망한다는 사실을
꼭 보게 해 주소서

지구촌 사람들의 기도
고통과 아픔을 부르짖는
사람들 곁에 다가가게 하소서

속히 싱그러운 봄날 맞이하는 때
꽃씨 심어 해바라기 만발한 때
꿈꾸며 기뻐 노래할 날
허락하옵소서

마음, 시간, 자연

마음, 어디 갔다 왔니?
너 가는 곳에 나도 가고
너 가는 곳에 시간도 돈도 따라간다
어제의 너, 오늘의 나 변함없는 거니?

시간을 쓰는 건 마음을 쓰는 거
마음을 쓰는 건 삶의 이야기
고로 시간을 쓰는 건
생명을 쓰는 것이리라

고로 돈을 쓰는 건 생명 쓰는 거
돈 함부로 쓰는 건 생명 함부로 쓰는 거
돈 잘 쓰는 건 생명을 잘 쓰는 거
생명 잘 쓰는 건 영원히 사는 것이리라

타들어 가는 마음 없는지?
사라져 가는 시간 없는지?
말라 타들어 가는 자연 없는지?
자연이 우릴 돌보듯 돌아보리라

자연은 나의 친구, 불러도 오지 않아
찾아가면 언제나 반겨 준다
자연은 신의 품, 자연을 찾아가면
어머니 품처럼 반겨 주리라

언제까지 미룰 것인가?

정치적 반대자를 고문하고 폭력과 음모
술수로 죽이고 테러한 사람이 누군가?
그 악한 사람 어찌 영웅이라 할 수 있나?
국가를 살린 지도자라 할 수 있나?

적어도 양심이 있다면
또한, 죽임당하고 고문을 받고
평생 불구로 살고 감옥에 사는 사람이
당신의 자녀나 남편이라고 해도
반란자를 좋아하고 존경할 수 있나?

군사 반란을 통해 저지른 죄와 악이
경제 발전한 것으로 상쇄할 수 있나?
수단과 방법을 가리지 않고 잘 살게
특히 특정 지역 잘 살게 하고
특정 지역 따돌린 사악한 짓 한 게
용서된다고 생각하나?

특히 기독교 지도자들이 쿠데타 세력
반란 세력들을 지지하고 있다는 것을

같은 기독교인으로 가슴 아프게 생각한다
한국 교회는 정치 이념에 찌들어
허울 좋은 기독교 이름으로
큰 혜택을 누려 왔다

일제 강점기에 진정 나라와
민족을 사랑했던 분들
그런 길 가라고 해도 가지 않았고
그런 짓 예수라면 따르지 않고
동의하지도 않을 거다

누가 진정 예수를 따르는 사람인가?
인** 그의 책과 글을 읽고
그의 조상들이 어떤 일을 했는지 알고 있다
나중에 변절한 언행을 보고 실망이 컸다
그의 부모가 살아 계신다면
지금 그의 언행에 공감하거나
동의하지 않을 것으로 생각한다

이** 독재, 박** 독재, 전** 군사 독재
정권에서 늘 양지만 누린
한국 교회 소위 지도자라는 사람들!
저들의 아픈 가슴에 다가가 보았나?

저들이 억울한 눈물 흘릴 때
어디에 있었나?

대제사장들과 바리새인들의 십자가 처형
누구 때문인가?
백성들 대신 한 사람 죽으면
좋지 아니한가?
저들 눈엔 십자가에 매달린 예수라도
잘 죽었다 할 것이리라
그 대제사장들과 바리새인들
오늘날 누구를 가리킬까?
그 잘난 한국 기독교 대표하는
목사와 장로가 아닐까?

한국 교회여, 각성하라!
잘난 지도자들이여! 회개하라!
그 언제까지 회개를 미룰 것인가?
역사를 보면서, 예수 십자가를 보면서
양심이 뜨겁지 아니한가?

2022년 3월 14일 월. 인*한 페북 글 읽고

한 걸음씩만 더 걷자

이렇게 반가울 수가 있을까?
이렇게 다정할 수가 있을까?
이렇게 마음이 편안할 수가 있을까?
봄비 왔다
하늘에서 내려온 선물 아닌가?

메말라 불타던 산과 들
메말라 사라지던 온 동네
타들어 가던 텅 빈 가슴들

이제나저제나 기다리던 봄비
꽃비보다 반갑다
어디 숨어 있다가 이제 왔니?
불탄 마음에 땀과 눈물 보고서야
냉큼 달려왔니?

동해안 벌거숭이산 아래 오래도록 써 온
농기구 아직 잿더미로 쓰러진 정든 집
타들어 간 빈자리는 우리의 몫

산길 걸어 보니 아직 메마른 가지
황량한 나무 하지만 비에 젖어 촉촉한 땅
꿈꾸던 봄, 움터 오리라

한 걸음씩만 더 걷자
꿈 싣고 오는 봄 길 맞으러
한 번만 더 마음 모으자
산과 들에 봄 꿈 펴도록

자리가 사람을 만들까?

자리가 사람을 만드는가?
자리가 사람을 만들기도 하나
자리가 사람을 망치기도 한다
사람은 사회적 동물이다
그만큼 인간은
환경의 영향을 받는다는 얘기겠지

사람은 뭐든지 자기 처지에서
생각하는 것이 본능처럼 되어 있다
역지사지(易地思之)란 말 왜 나왔겠나?

좋은 말은 주위에 널려 있다
아무리 좋으면 뭐 하나?
너나 쓰라고 버리니
좋은 말, 격언, 속담, 잠언
쓰레기처럼 길바닥에 널려 있다

이스라엘에는 성전 하나만 있다
성전은 두 개 있으면 불법
성전은 하나님께 제사 지내는 거룩한 곳

수천 년 내려온 전통 또 다른 질서 만든다

젊은 청년 예수
성전에 들어가 장사하는 사람
돈 바꾸는 사람들의 상을 뒤엎고
채찍 들고 휘두르며
강하게 분노 뿜은 청년
하나님께 기도하는 집을
강도의 소굴로 만드는도다
성전에서 난리를 피우다니
어떤 이는 예수를 폭력배라 한다

성전이라도 강도의 소굴이 되고 광야라도
예수가 있는 곳은 하늘나라 되었다
누가 어떻게, 어떤 인격과 가치관을
가지고 사느냐에 따라 성전에서 강도
살인자 만들어지고, 광야라도 복 있는 땅
천국이 될 수도 있다

역사를 돌아보라
역사에 명멸한 사람들을 보라
사울과 다윗을 보라
둘 다 목동으로 집을 나섰다

마침내 왕까지 되었지

참 좋았을까?
당신은 어디쯤 있나?
당신은 무엇 하는 사람인가?

언 땅에도

진눈깨비 내리더니 다시
쨍하고 봄볕 가져다주니
진짜 봄이 곁에 왔구나!

어깨에 무거운 짐 내려놓고 깡충깡충
뛰어나가 봄맞이하러 갔으면 합니다
우린 다시 자연의 몸짓에 순응하며
반기며 함께하는 걸 배웁니다

하늘에서 은혜를 내려야만
하늘에서 봄이라 일러 주어야만
우린 봄의 얼굴을 마주 대합니다

봄기운에 찬바람 마주 선 사람 기억합니다
차가운 겨울바람 맞서 멀리 있는 길
달려온 사람들을 잊지 않겠습니다

향기로운 봄볕으로, 사랑스러운 봄 향기로
꽁꽁 얼어붙게 만드는 인간의 오만함
강자의 폭력 흐물흐물 녹일 수는 없을까요?

성공과 실패

누가 성공한 사람인가?
자수성가하여 마침내 일가를 이룬 사람
부모의 재산과 기업을 이어받아
평생 돈 걱정 없이 먹고 자고
여행을 즐기는 사람
정치에 꿈을 두고
마침내 대권을 움켜쥐고
사람들은 머리 숙이고
온 세상 호령한 사람

개미처럼 일하고 벌처럼 땀 흘리며
쉬는 시간 게으른 자의 하품으로 여기며
일생을 성실하게 살아온 사람
하지만 큰 부자만큼은 안 된 사람

태어나면서부터 누울 곳 없어
마구간에 태어나 생명의 위협 받으며
천국 복음 전하다
자기 민족과 제자들에게
배반당하고 삼십 대 청년의 때

십자가에 인생 마감한 사람

성공이냐? 실패냐?
누가 성공한 사람인가?
어느 인생이 부러운 인생인가?

거짓, 이를 어찌해야 합니까?

마음 깊이 공감합니다
저도 이런 글 받고 기분 나빠 관계를 끊고
수신 차단을 바꾸고 맙니다
거짓말을 지어내고, 자기와 다른 사람을
빨갱이, 마귀집단으로 몰아붙이고
수많은 사람에 알리는 게 하나님 뜻이고
이 나라 이 민족 망하지 않게 하고
공산화로부터 지키고 살리는 일이라며
다른 많은 교인에게 카톡으로 전하라는
주문까지 합니다
그것도 하나님의 이름까지 팔고 있으니
그들의 아비 누구인지 쉽게 짐작됩니다

얼마 전 전*환 반란 기념 모임에
한국 침례교회 대표, 극동 방송 사장까지
지낸 인사 김 아무개, 그들의 피 흘린
자리에 동참해서 의로운 사람, 약한 사람
어느 특정 지역 죽이기에 혈안이 된
그 피의 잔을 마시는 걸 보고
한국교회의 본모습을 보았습니다

하나님이 주무시지 않는다면 그들은 역사
심판에 나아가고 눈먼 지도자를 따르는
순진한 신도들도 함께 구렁텅이에 빠질 게
자명합니다

놀라운 것은 그들의 얼굴에 부끄러움을
잊은 지 오래고 뻔뻔한 것이 금강석보다
더 강퍅해졌다는 것입니다
저들 하나님을 두려워하지 않을 뿐 아니라
마치 자기의 종을 부르듯 하나님의 이름
왜곡하고도 거짓의 웃음 흘리며 세상의
영광을 탐하는 모습

마치 굶주린 사람처럼 세상 영광과 명예
물질을 탐하는 침 줄줄 흘리고 있다는 거
또한 그렇게 성공한 목사들
은근히 부러워한 수많은 성직자
그 뒤에 서서 저들의 행위 지지하고
응원하는 장로와 집사들까지…!
이를 어찌해야 합니까?

2022년 3월 24일 목 페북 고*원 글 읽고

다가선 봄바람

쨍하고 봄이 왔어요
먹구름 뒤에 소나기 오듯
한꺼번에 봄이 달려왔어요
봄볕도 좋고 봄비도 반가워라

아직 귓전을 스치는 찬바람
빼꼼히 얼굴 내민 진달래꽃
수줍은 웃음에 다가선 분홍빛 얼굴
길가는 내내 향기 뿜는 내 마음

추운 만큼 반가운 봄바람
고난의 시간 긴 만큼 따스한 바람
언제나 봄 오나 했는데
더딜지라도 이루어진 그 약속

기다리지 않아도 숨바꼭질하듯 다가온 봄
너와 나 함께 달려가 기쁨으로
봄 마중하면 얼마나 좋으리오!

"밥 좀 주세요."

1995년 9월 9일
이주일과 하춘화 특집 쇼
너튜브를 통해 보았다

이주일 죽었는데, 여기엔 살아 있다
그 너스레, 넉살, 그 웃기는 모습
내려놓은 얼굴, 온몸으로 던지는 웃음

웃음을, 만족을, 즐거움을 안긴다
많은 이들에게 부담 없이 웃는다
왜 그럴까? 마치 살아 있는 이주일 보듯
나도 아무 부담 없이 웃었다

웬 거지 한 사람 남루한 옷 입고선
"밥 좀 주세요. 밥 좀 주세요." 한다
불쌍하고 처량한 모습, 아무도 눈길 주지
않는 거지 이주일에 관객들 손뼉을 쳤다

갑자기 뜨거운 기운 목구멍 타고 올라온다
저게 누구지?

십자가

처음엔 괜찮을 줄 알았다
뭐든 적응 기간이 필요하겠지
시간이 흐름에 따라
뭔가 잘 맞지 않는다

내 체질에 안 맞는 것 같다
벗어 버리고 싶다
내던지고 싶다
그 약속을 취소하고 싶다

가도 가도 끝이 없다
나아질 기미가 보이지 않는다
그만두면 안 될까?

누구는 홀로 끝까지 십자가 지고
갔다는데, 무거운 건가, 힘든 건가?

액세서리 십자가? 그건 아니지
형틀이었지 벗을 수 없는
아! 십자가 그 끝은 어디인가?

위기인가?

유단자인가? 그런 자네는?
태권도? 유도?
아니면 그림, 글씨?
위기인가? 어째서 그래?
유단자에겐 품위가 있지

위기, 온몸으로 느끼는가?
무슨 위기?
그러면 어떻게 할 것인가?

한없이 펼쳐진 무지개 따라
달려간 발걸음
돌이켜야지, 달려간 그 길에서
생명의 근원이신 창조주께로!

처음 세상 연 자의 말인가?
곧 세상 떠날 자의 말인가?

유단자인가? 예술에? 인생에?
아니면 시대에, 역사에?

낮은 곳에 물이?

백 년이 지나고 천년 흘러도
변하지 않을 가르침
그것은 무엇일까?

백 년이 지나고 천년 흘러도
변하지 않을 그 무엇을 배웠는가?

그대 사라질지라도
향기롭게 남아 있을 거
그건 무엇일까?

낮은 곳에 물 고인다 했는데
고인 물 없다
흐르지 않는 물 때문인가?
구멍 뚫린 바닥 때문인가?

천년을 두고 달여 내어도
사라지지 않고 남은 그거
목마르지 않을 물 한 바가지
있을까?

꽃 한 송이

들에 핀 꽃 한 송이
창조주 영광을 본다

새하얀 눈 속에 피어난
봄의 전령 복수초
노오란 꽃송이
일곱 색깔 무지갯빛 약속을 본다

태곳적부터 흐르는 낙원 강물
영원을 갈망하는 노래 듣는다

봄볕에 피어난
한 송이 꽃향기
영원히 변치 않는
사랑에 젖는다

봄볕

고민이 많지?
누구에게도 말할 수도 없다
끙끙 앓기만 한다

옆 사람에게도, 친구에게도
털어놓을 수 없다 샐까 봐
길가다 만난 낯선 사람에게 말할까?
미친 사람 아냐?
눈 흘길 것 같다

하늘 맑아도 내게는 먹구름
꽃이 피어도 웃음을 잃었다

넌 뭐가 좋아 그렇게 환하게 웃고 있니?
넌 무슨 좋은 일 있기에
화려한 옷 입고 나왔니?

나도 세상에 나가도 될까?
나를 본 사람들 뭐라고 할까?

바위틈 낀 채 긴 겨울날 견뎌 왔다
내게도 한 번의 봄볕 필요하다
찬란하게 빛나는 봄날 위해

나도 꿈꾸고 싶다
나도 꺼지지 않는 꿈을 꾸고 싶다
나도 꿈을 펼치고 싶다

아무도 없는 벌판
들꽃 노래에 춤추며 놀고 싶다
소리치고 싶다
내 꿈 여기에 피었다
단 한 번의 봄볕으로

이별

한번 가면 올 수 없는 길
한번 오면 보내야 하는 길
둘도 없는 생명 소생하는 봄도 좋고
수많은 꿈 잉태하는 겨울도 좋다

기나긴 밤 생명의 씨앗 뿌렸으나
보내야만 한다
보내지 않으면 생명의 싹틔울 아침
맞이하지 못하리니

하룻밤에 만리장성 쌓는다는데
수십, 수백 개의 하얀 성 쌓고도 남아
잊으려야 잊을 수 없고
지우려야 지울 수 없는 이야기
태산을 이루었다

처음 이 땅에 눈 뜨던 날
생명의 기쁨에 온 천지 함께 노래했지
처음 세상 열리는 날
너는 나의 기쁨, 나는 너의 노래였지

하룻밤 아니라 일생인데,
보내야 한다 떠나야 한다
너, 보내지 않으면
올 수 없으니 어쩌랴!
나, 떠나지 않으면
올 수 없으니 어쩌랴!

기쁨이어도 보내야 한다
생명이어도 떠나야 한다
사랑이어도 보내야 한다
일생을 두고 그리워할지언정

보내고 떠나지 않으면
생명 올 수 없으니
사랑 올 수 없으니 어쩌랴!
보내자, 사랑을 보내자
떠나자, 생명을 떠나자

그날에 함께 어우러져
생명의 기쁨 누리도록
그날에 너와 나 어우러져
사랑의 노래 부르도록

아직

아직 그늘진 곳, 낯선 곳, 외로운 곳
잔설(殘雪) 곳곳에 있어
따스한 봄볕 필요합니다

아직 아물지 않은 상처 남아
살아 숨 쉬는 걸 괴로워하는 이 있어
정성과 사랑의 돌봄 필요합니다

아직 집에 돌아오지 못한 아들딸 있어
기다리는 마음에 하룻밤도 편히
잠들지 못하고 타들어 가는 그리움
마음에 반겨 줄 소식 필요합니다

아직 전쟁의 포화 소리
이웃을 찢고 죽이는 소리
자비와 긍휼을 없애는 잔인한 비명
아! 21세기 대낮에 이루어지고 있어
악인의 목 부러지는 기도
긍휼히, 측은히 여기는
우리 기도 필요합니다

아직 집 없고 깨끗한 물 마시고
배불리 먹고 등 따시게 누울 집 없는
나그네 있어
비바람 막아 줄
어둠과 위험 막아 줄
조그마한 공간 필요합니다

아직 헤어 나올 수 없는 곳
손을 내밀어
도움 구하는 신음 있어
손잡아 주고 애타는 소리에
귀 내어 줄 마음 필요합니다

여전히 절망의 구렁텅이 빠져
희망의 끈 놓으려는 사람 있어
그대는 아직 희망의 끈 놓을 때 아니야
당신은 우리와 함께 있는 것만으로도
기적이고 행복이야!
말해 줄 너와 내가 필요합니다

목련

찬바람, 낯선 구름, 척박한 땅
흐릿한 눈동자 속에 감추어 있다가
그대 가슴에 봄 올 때

님 그리는 마음 감출 길 없어
몸단장 마치지 못해
버선발로 나선 하얀 마음

수줍어 설레는 가슴에
순결한 불 밝힌 꽃
그대 하얀 목련이여!

접촉

하늘과 땅 만났을 때
진리와 사랑 솟아나고

청춘 남녀의 입술 만날 때
기다리던 사랑이 봉긋 피어나고

개울가 버들강아지
집 나온 봄볕 만났을 때
봄 꿈꾸는 부푼 솜털 돋아나고

거친 땅에 무릎을 꿇을 때
별밤에도 하늘 문 열리도다

그대의 손길 한번 매만질 때
굳게 닫혔던 마음의 문 활짝 열리도다

얼어붙은 바람, 겨울잠 든 허허벌판
지친 봄 넘는 고개

한번 툭 친 조물주 손길에
천지 일제히 탄성 자아내도다

2022년 4월 9일 토 안동에서

다시 볼 수 없는 꽃

4월 12일 가로수 벚꽃
안동 천변에도, 안산 도로변에도
흐드러지게 피었구나

말 그대로 만개했구나
말 그대로 절정을 이루고 있구나

미치도록 활짝 핀 벚꽃
미치고 환장하도록 유혹하는 벚꽃
저렇게 화려하고 찬란하게 피다니

저 죽음을 기다리는 자
죽음의 강물 건너가려 하는 자
인생의 무상함 뼈저리게 느끼는 자

가면 다시 올 수 없는 길
알아서일까 몰라서일까
서럽기도 하여라
가슴 저미도록 슬프고도 안타까워라

쉬 왔다가 떠나는 봄

잡아 두려 해도
아쉬움만 기약하고 떠나고 마니
더 서러워라

그래도 그게 어딘가
그리던 꽃 피는 봄 아닌가!
그렇게 사모하고 설레던 봄꽃 아닌가!

어제 보던 진달래
내년 봄 황홀에 젖을 수 있을까?
오늘 환희 넘치던 벚꽃
내년 설레던 그 마음 간직할 수 있을까?

벚꽃 만발한 훈훈한 봄날 누리소서!
오늘 찬란한 봄날 누리소서!
지금 꿈꾸는 봄노래 부르소서!

너나 잘하세요!

육십 평생 살다 보니
바라보는 것보다
뒤돌아보는 능력이 훨씬 늘어났다

옛 어른들 말했듯
흐르는 물과 같은 세월 아닌가?
초등학교 때 그 말 실감 나지 않았는데
요즘 참 온몸으로 실감하고 있다

뭐 하고 살았느냐? 나에게 묻는다면
독립투사 정도는 아니어도 적어도
나라와 민족을 위해 살겠다고
청춘이 펄펄할 때 다짐했다

연예인이나 스포츠 스타보다는
더 가치 있고 보람된 일에 헌신하고
온몸 불태우며 살겠다고 기도하고
춥고 배고픈 생
고단한 육체와 마음 끌고 왔다

선한 영향이든 불편한 영향이든
연예들이나 정치인, 스포츠 선수들이
훨씬 크게 미치고 그 영향력 또한 놀랍다

육십 평생 뭐 하면서 살았느냐?
누구는 한국 교회 이 지경인데
당신은 목사로 한 게 뭐 있느냐?
대놓고 묻는다, 책임져야 할 거 아니냐?
돌아보면 그래도 남에게
피해를 주는 것보다 조금이라도
도움을 준 것이 더 많은 것 같다

무익하다 부족하다
어둠 속에 빛이라야 하는데,
빛나야 하는데, 반딧불만큼이라도
형설지공(螢雪之功)이란 단어
떠올리게 하고 싶은데
해는 저물고 갈 길은 멀다
나라도 잘해야지 고난 겪는 이웃을 위해
자빠져 허우적대는 누군가를 위해
기도라도 해야지

서럽게 살아가는

불쌍하게 사는 사람에게
동정의 눈빛이라도 보내야지
콧구멍에 시원한 바람 드나드는 걸
감사하며, 나라도 잘해야지

투명 인간

천만 넘고 이천만 명 넘는 사람들
쏟아져 나와 땅으로 들어갔다가
하늘로 솟았다가 다시 땅으로
굴속으로 들어간다

나만이 들어갈 수 있는 작은 동굴
작은 불빛에 내 얼굴만 겨우 보인다
주위 둘러보면 컴컴하여 아무것도 없다

꿈같이 해가 뜬다
소리 없이 떠올라 언제 곁에
와 있는지 느낄 겨를도 없다

어젯밤 나의 온몸 포근히 감싸 주던
어둠은 어디로 숨었을까?
둘러보아도 없고
더듬어 찾으려 해도 만질 수 없다

아침 혼자 챙겨 먹고
천만인 활보하는 거리로 나섰다

지구촌에 태어나 처음 마주한 얼굴
몇 번이고 눈 마주치고 옷깃도 스쳤다

아는 체하는 사람 하나 없고
반기는 이 하나 없다
무심히 말 걸어오는 사람
물기 없는 말 공중에
"골라, 골라!"
낯설다 물설다 바람까지도

인간이 짐승들처럼 땅만 쳐다보다가
우글우글 땅으로 기어들어 간다
다른 구멍에서 무리 지어 떼거리로 나와
어디론가 급히 사라져 간다

어디 가서 시원한 물
한 모금 마시고 싶다
어디 우물가에 가서 앉아
지친 다리 쉬고 싶다
목마르다

어디 없나요?

4월, 누구나 꿈꾸는 봄
먼저 다가와 웃음 짓는 봄
얼굴에 웃음꽃 하나쯤 피는 봄

아직 겨울옷 벗지 못한 사람
아직 그늘진 곳에 웅크리고 있는 사람
아직 혼자서 일어설 수 없는 사람
아직 하늘의 영광에 거룩한 감동
느끼지 못한 사람 있나요?

아직 꽃을 보지 못한 사람
아직 웃지 못한 사람
아직 향기를 느끼지 못한 사람
아직 고개 들지 못한 사람 어디 없나요?

여전히 봄볕 한 움큼 필요한 곳 있어요
여전히 손잡아 주어야
봄 마중할 수 있는 사람 있어요
여전히 함께 희망의 노래 부르자
청해야 할 사람 있어요

11월의 장미

보내야 하는데, 떠나야 하는데
머물러, 서 있다
무얼 붙잡고 있을까?

왜, 미련 때문일까?
그리움 때문일까?

석양 노을 질 때
붉은 눈물 흘려 애타 바라보는
붉은 장미 한 송이

11월의 장미
떠나려나? 머물려나?

왜, 노을 붉을 때
내 가슴 탈까?

* 문쾌식, 김난영 부부 시집 《11월의 장미》
선물 받고

그게 나다

어릴 때 자다가 밤중에 오줌 쌌다
어머니는 나를 때리기도 하고 컴컴한 밤
추운 마룻바닥에 내놓고 방문을 꽝!
닫아 버렸다 내가 엄마라면
그건 네 잘못 아니야!
그러면서 꼭 안아 주겠다
병원에도 데려가야지

초등학교 5학년 때, 대문 없는 골목
5미터가량 높은 고무나무에 올라가서
공수 부대 훈련한답시고
내가 꼰 새끼줄 타고 꼭대기에서 거꾸로
내려오다가 줄이 끊어져 그대로 땅으로
처박혔다 코가 범벅, 눈물이 범벅, 울음
하늘을 찔렀다 오른손을 다쳐 다음날부터
왼손으로 밥 먹었다
가족이 아무도 모르는 것처럼 지나갔다
내가 엄마라면 그 아이를 끌어안고
"얼마나 아팠니?" 어루만져 줘야지

어렵사리 학다리중학교에 입학했다
다들 가난하다고들 한다 나는 가방도 남이
쓰던 것, 손잡이 볼펜 대를 끼워 고쳐서
쓰고, 교복을 입고 친구들과 중학교에
다닌다는 것이 커다란 행운이었다
그때는 모두 교복을 입었고, 월요일에
애국 조회 하면 전교생이 운동장에 모였다
당연히 교복을 입고 모인다
그런데 눈에 확 띄는 학생이 있다
한 학생만 교복을 입지 않고 있다
그게 나다 그렇게 몇 달을 다녔다
내가 엄마라면 그 서러운 아들을
꼭 끌어안아 줘야지

중학교 졸업식 날, 나는 졸업장을 받을 수
없지만, 졸업식장에 가 보았다
납부금을 다 내지 못해 졸업장을 받을 수
없으나 친구들 어떻게 졸업하나 보려고 갔다
3년 동안 조금씩 저축한 3,500원도
품팔이해서 값을 낸 졸업 앨범도 납부금
내지 않았다고 해서 받지 못했다
졸업장과 꽃다발을 들고 기쁨에 들떠
부모님과 어울려 사진 찍는 친구들 뒤로하고

혼자 쓸쓸히 가난한 집으로 왔다
내가 엄마라면 너무 애처로운 아들
한없이 따뜻하게 안아 주고 싶다

친구들 고등학교 진학하는 모습
등에 감추고 낯설고 물선 땅
셋째 형이 터를 닦고 있을
눈 감으면 코 베어 간다는 서울로 향했다
손에는 사랑하는 어머니 싸 주신 작은 솥
냄비, 밥그릇, 숟가락, 젓가락 두 쌍
전라도 김장 김치 싸 들고 서울행 완행열차
몸도 싣고 꿈도 실었다

하루 일당 백 원에서 사백 원까지 주는
재봉 공장에 취직했다 한 달에 두 번
쉬고 일 년 내내 아침부터 저녁까지
밤 11시 반까지, 어떤 때는 철야 작업했다
서울 목동 안양천 옆, 공장 폐수와 가난한
동네 사람들이 쓰레기 아무 데나 버려둔
뚝 동에서 흘러나오는 냄새 코를 치르고
가슴속 깊은 곳까지 들어왔다

어느 날 저녁 작업 끝나고부터

어떤 화곡동 슈퍼마켓 아줌마(엄익원)로부터
외상으로 빵과 우유 허기진 배를 채웠다
그분은 학교에 다니지 않고도 배우는 길이
있다는 것을 알려 주었다
그것은 고입 검정고시다
내 가슴은 뛰었다 공장 일을 끝내고
책을 드는 내 손은 힘이 들어가고
눈동자는 반짝였다 하루에 서너 시간
자며 공부했다
졸리는 이마를 망치로 쳐
졸린 눈을 깨우며 책과 씨름했다

드디어 중학교 졸업 검정고시 날이다
바나나 우유와 샌드위치 빵을 점심으로
사 들고 시험장 청운중학교로 갔다
드디어 합격자 발표 날이다
너무 작은 글씨로 써서 이름이 잘 보이지
않았다 떨어진 게 아닌가?
하지만 모르지, 자세히 살펴봐야지
이리저리 합격자 게시판을 살피다가
눈에 확 띄는 이름이 있었다

그건 분명 김영배, 나다 내 이름!

환성을 지르고 싶었다
그렇게 목말라하던 중학교 졸업장이다
기뻐서 하늘 높이 뛰고 싶었다
그때 내가 엄마라면 짜장이라도
한 그릇 사 아들과 함께 먹으며
등을 어루만지며 진심으로
"고생했다, 힘들었지" 말해 주고 싶다

2022년 4월 26일 화요일

돌아보면

홍강아! 고맙다 영헌이 형! 감사합니다
양숙아! 고맙다 셋째 형수님! 감사합니다
홍표 형, 감사합니다
모두 잘되고 행복하세요

나그네 세월 쉬지도 않고 잘도 흘러갑니다
홀로 살고, 자신만의 힘으로
살 수 있는 사람 어디 있겠습니까?
돌아보면, 생일 잊고 살아온 날들
돌아보면 특히 생일 되면 시루떡 해 주시던
어머니의 정성 어린 그 모습 떠오릅니다

생일이면 생일상을 받는 것이 아니라
이 땅에 행복하고 사랑스러운 가정에
한없는 사랑을 주신 부모님 품에
착하고 꿈 많은 칠 남매 넷째로
태어나게 해 주신 은혜에 감사하고
하늘의 하나님께 감사드려야 하는데…
지금은 돌아볼 뿐, 손잡아 드릴 수도
감사합니다 고맙습니다 사랑합니다

곁에 함께 있을게요
말을 들어줄 귀 없으니 어떡합니까?

가난한 시절 함께 몸을 부대끼고 주린 배
채우는데, 몸부림한 우리 사랑하는 형제들
어찌 잊을 수 있겠습니까?
사랑하는 우리 형제들!
모두 잘되고 건강하고, 행복한 나날
엮어 가시길 기도합니다
감사합니다 사랑합니다

2022년 4월 26일 생일 축하 받고

오늘이 어떤 날인가?

1930년 11월 12일 수요일
이날이 무슨 날인가? 권필홍 장모님
이 땅에 보냄을 받은 날이다

일제 강점기에 태어나 암울한 시대를
살아 내시고, 민족상잔의 아픈 역사 속에서
오 남매 선물로 받아 건강하고 씩씩하게
키우고 모두 한 가정을 이루게 하고
손자 손녀, 증손자까지 보셨다
안동 남선에 계신 장모님
남선교회에 새벽마다
자녀 손들 위해 기도하셨다
자녀 손들 장모님의 귀한 믿음의 유산도
이어받았으면 좋겠다

안동 처가댁에 찾아가면 언제나 온화한
모습으로 반겨 주셨다 재작년 추석 때
찾아갔을 때 손잡아 주지 않아도 승합차
오르내리며 산자락 아래 가꾸던 저수지
옆 논에도 함께 다녀왔다

벚꽃 만발한 4월 9일, 아내와 아들을
데리고 장모님 면회 다녀왔다
우리는 장모님 모습 생전에 마지막 될 것
같아 안동 요양병원 찾아갔다
유리창 너머에 휠체어 타고 계신 장모님
눈뜰 힘도 없다
약기운 때문인지 반응이 없다
하지만 내 눈에는 평안히 잠든
어린아이의 모습이 보였다

깊게 팬 얼굴 주름살
고단하고 힘겨운 인생길이었겠지
쓰러진 고목처럼 앉아 계시는 모습에
내 얼굴도 보인다
아내는 울먹이는 목소리로
"엄마 눈 좀 떠 봐! 명숙이 왔어!"
떠나야 하고 떠나보내야 하는 아픔일까
가슴이 먹먹하다

고단한 인생, 나그네 인생, 하나님 은혜로
살아온 인생, 생명을 품에 안은 기쁨도
맛보고, 이 땅에서 끊어지지 않을 것 같은
생명줄, 단장(斷腸)의 아픔도

온몸으로 견뎌 내야 하는 인생

안동댐 아래로 흐르는 강변 따라 핀 벚꽃
저렇게 흐드러지게 피어
나그네 발길 붙잡을까?
만발한 벚꽃, 누구를 위한 노래일까?
오후에는 큰처남 딸 결혼식도 참석했다
누구는 가고 어떤 누구는 오는가?

오늘이 어떤 날인가? 2022년 4월 27일
수요일 아내가 전화를 받았다
오늘 오전 9시 17분 장모님께서
하나님의 부르심을 받았다고

2022년 4월 27일 수

어디 그게 쉬운 일인가!

이♤♤ 한의원장, 고맙네
가을 사과가 붉게 익던 재작년만 해도
승합차도 부축 없이 타시던 장모님
늘 온화한 미소로 바라보시며 반겨 주시던
어머님, 늘 새벽을 깨워 일어나 세운 지
100년이 넘는 안동 남선교회당에 가서
새벽종을 치고, 자녀 손들 믿음의 유산
이어받아 믿음으로 복되게 살아가도록
기도하시던 권사님

우리는 화장터의 지루한 시간을
자녀 손자들 모여 화목한 애기도 나누고
누구는 컵라면도 시켜 먹었지
거짓말처럼 현실에서는 두 번 다시
볼 수 없고, 영상으로 찍어 둔 마음속
저장고에서 꺼내야만 볼 수 있는
장모님이 되셨지

회자정리(會者定離)라고 해도 어디 그게
쉬운 일인가? 한번 오면 가야 한다지만

가는 사람이야 쉽게 힘 빼면 떠나지만
보내는 사람은 죽을 지경 아닌가?
우린 알지 않은가?
만날 때보다 보낼 때 헤어질 때
얼마나 뭉그적거리다 보내고
또 돌아보고, 얼마나 서툴고 미숙한가?
손 흔들고 대답도 없는데, 또 돌아서서
엄마, 엄마 부르고…

우리는 화장한 수골함 들고 남선 땅
장모님 사시던 동네 남선교회당에 와서
늘 나무 의자에 앉아서 기도하시던
그 자리에 영정 사진 놓고 사진을 찍고
그 자리에도 앉아 보아 가신 님의
눈물 어린 기도와 사랑을 새겨보았네

아내는 눈물샘이 마르지 않아
생전의 모습 마지막으로 볼 때
"엄마, 명숙이 왔어, 옥이도 왔어!"
하면서 울었지
발인 예배 때 또 울어 다른 사람 마음 울리고
하관 예배 때도 또 슬픔을 삼키느라
엄마 부르며 울어

하늘까지 울려 비가 내린 거 아닐까?
난 뭔가 올라오는 걸 목구멍 뒤로 삼켰지

우리는, 하늘 가는 밝은 길이 내 앞에 있으니
며칠 후, 며칠 후 요단강 건너가 만나리
평소에 늘 자녀 손들을 위해 즐겨 부르시던
주와 같이 길 가는 것 즐거운 일 아닌가?
우리 주님 걸어가신 발자취를 밟겠네
찬송하며 한 줌의 재 땅에 묻으며
저 천국에서 다시 만날 것을
소망하며 보내드렸지

옆의 아들에게, 아들아! 인생은 나그네다
잠시란 얘기지 언젠가 떠날 날이 와
우리도 위에서 부르시면 지체함 없이
기쁨으로 떠나도록 잘 살아야겠지

우리는 선영에 안장하고 가까운 곳에
있는 장모님 집에 와서 처남 가족, 친척
아들, 손자, 며느리 북적대며
마당 한쪽에 모여 앉아 때늦은 점심
챙겨 먹었지 이상한 거 있지
주인은 저 멀리 있는데, 목구멍에 넘어가는

국밥이 어찌 달까?

이제 또 다른 작별의 시간
"조만간에 또 만납시다"라는 약속을
허공에 새겨 두고, 아직 가슴 한편에
먹먹한 마음을 끌어안고
각자의 삶의 터전으로 허겁지겁 달려왔네

함께 마음 나눠 주니 고맙네
좀 전에 다 써 놓고 화면 바꾸다가 보니
다 지워져서 기억 되살리며 겨우 다시 썼네

2022년 4월 30일 L.A. 이영근 한의원장에게

아! 봄날은 간다

뜻하지 않은 오월
맞이할 준비하지 않았는데
웃으며 다가옵니다
웃으며 맞이할 준비, 마음으로 기뻐할 준비
안 되었는데도 방긋 웃으며 다가오니
밀어내야 합니까?
못 이긴 척 그 품에 안겨야 합니까?

가는 사람 가야 하고 오는 사람
반겨야겠죠?
누구는 미련만 남기고
떠나고 누구는 쌍쌍이 결혼한다고
청첩장 보내
오월의 신부 축하해 달라 합니다

삶은 소중한 것, 지는 꽃은 지더라도
언 손, 호호 불어 가며
봄 꿈꾸던 씨앗 깊이 심어야겠지
다시 오는 봄날에
찬란하게 꽃피어 달콤한 열매 맺도록

가자 해 지기 전에 봄 길 가자
가자 사라지지 않을 사랑 길 가자
한 자락 두 자락 연분홍 치마에
엷은 미소 사라지기 전

아! 봄날은 가는가?

왜 감추어 있을까?

씨를 심는다
장차 나타날 영광을 심는다
그러려면 썩어야 하겠지
왜, 보물은 땅에 감추어 있을까?
어리석은 눈에 띄지 않기 위해서일걸

불편한 진실은 왜
언제나 화려하고 아름다운 것으로
치장하고 있을까?
어리석고 미련한 마음
사로잡으려고 그러겠지

진실은 왜, 멸시 받을까?
당장 거짓 드러나고 허위
밝은 대낮처럼 드러나면 얼마나 좋을까?

서럽고도 억울한 세월 생각하면
당장 불편한 진실 드러나고
참되고 정의로운 게 대접받으면

얼마나 좋을까?
땅에 내린 천국 이슬 맛일걸, 암!

그날, 허락된 자

훔쳐 먹는 떡이 맛있다는데
과연 그럴까?
거저 오는 수입이 최고라는데
과연 행복을 가져다줄까?

내가 땀 흘려 심은 것을
다른 사람이 거둔다면
과연 만족할 수 있을까?

누구는 심어야 거둔다는데
영생하도록 있는 걸 위해 심으라는데
믿어도 될까?

일평생 수고한 걸
요단강 건너가서 거둘 거라면
심어야 할까, 말아야 할까?

그날이 오리라 한 그 말은 아직이다
그날은 믿는 자에게만
허락되었다는데…

어머니!

왜 이리 쓸쓸해?
왜 이리 허망할까?

광에도, 부엌에도 가 보았다
뒤란 장독대도
마당 골목에도 찾아보았다
없다 보이지 않았다

지구가 텅 비었어
어디 가도 사람 없다
어디 가도 외로운 광야
어디 가야
사람 만날 수 있을까?

허전하고 빈자리
너무나 허망하고 쓸쓸한 자리
그 누가 채워 주나?

세상에 왔다가 떠난 자리
하나님 내 품에 머물다 떠난 자리

둘레길

안산 노적봉 둘레길
푸른 숲 꽃길 단장하고
푸른 물감으로 물들
마음 기다리고 있다

메타세쿼이아, 벚나무, 단풍나무
소나무, 산수유 모두 어깨 내밀어
커다란 굴 만들어 놓고
함께 춤추며 길 가잔다

흰 구름 사이 살짝 내민 푸른 하늘
오월의 뜨거운 열기 보내
아직 단잠에 빠진
유월의 장미 흔들어 깨운다

숲 어디서나 엄마의 너른 품
언제 달려가도 반겨 주는 고향 역
다시 오마, 철쭉꽃 만발한
오월의 품으로

아들아!

아들아! 그리스도인이라면
아니 인간적으로
예수 그리스도의 심장 가진 사람이겠지
그러려면 그 뜨거운 사랑, 하나님 아버지
아들을 십자가에 내어 준
미친 사랑 잊을 수 없겠지

어둠의 땅, 아들 버리는 땅
구원의 메시아를 기다리면서도
메시아를 대적하고 죽이는 땅
걸어온 청년 예수

자기보다 나은, 아니 다른 가치관
정의롭고 사랑스러운 삶
인생의 참 길 가는 사람
시기하고 증오하고
함께 살 수 없는 자
취급하는 땅에 홀로 서 있는 사람

그의 시대정신은 무엇일까?

그가 바라보는 세상은 어떤 세상일까?
그의 눈물은 어디서 올까?
그의 환한 얼굴 어디서 찾을 수 있을까?

성경은 항상 기뻐하라는데
그분은 자주 울었어
왜 우리는 눈물 말랐을까?
왜 우리는 저급한 웃음에
마음 빼앗길까?

아들아, 웃어라
처음 꽃처럼 환하게 웃어라
웃음 뒤에 한 모금 눈물을 남겨 놓아라

세상은 웃는 자 뒤 언제나 홀로 우는 자
작은 자, 고개 숙인 자 있다는 걸
잊어서는 안 되지
뜨거운 심장이 식어

아! 그날이 오려나?

세상이 왜 이리 어둡지?
아직 동트려면 멀었나?
온몸이 으슬으슬 떨린다
태양 빛은 어디로 사라졌나?

오월의 꽃 잔치에 불려 나왔다
얼굴에 절로 웃음꽃 피우고
마음에 생기 솟아나 하늘을 난다

병아리 같은 아이들
엄마 아빠 손 잡고 공원에서 뛰논다
행복의 꽃송이 춤을 춘다

아무리 못난 엄마, 아빠라도 곁에
살아 계시면 행복한 오월이요
추운 겨울이라도 봄날이다
저 하늘 너머로 가셨다면
누구나 잔치하는 오월이라도
찬바람 겨울 아닌가?

엄마! 부르며 초가지붕 아래로 달려들던
때 쌀밥에 고깃국 아니어도
뜨거운 꽁보리밥 김장 김치 한 사발이면
세상 부러울 것 하나도 없었어

아무리 손을 내밀어도, 아무리 소리쳐
불러도 대답 없는 어머니, 아버지!
아! 자다가도 부를 수 있던 때
그리우면 달려갈 수 있던 때
그날이 다시 오려나

고개 때문인가?

앞을 보는데, 왜 자꾸 뒤가 보이나?
전에는 안 그랬는데, 어인 일이야?
한때는 푸른 꿈도 보이고
다들 청춘이 만 리 같다고 했지

흰 머리칼에 검은 머리 자꾸 겹쳐 보이고
허리 휘고 무릎 흔들려도
꿈속에선 여전히 청춘인 걸 어떡해

육십 고개 때문인가?
앞으로만 가는 줄 아는데 뒤로도 가고
가만히 서 있어도 함께 가자며
손잡아 끌고 가니 어쩌랴!

땅에 발을 딛고 있을 때
열린 하늘 보며 한 송이 들꽃에서
시들지 않는 영광을 볼 수 없을까?

시인(詩人)?

이분 시인이야!
등단했어
뭘!

인간은 다 시인이지
다만 그냥 걸어 다니는 시인이 있고
지나다가 꽃에 말 걸기도 하고
저 바다에 누워 한가롭게 거닐기도 해

천년바위 뜨거운 감정도 불어넣고
천년을 살아간 양귀비도
가끔 만나곤 해

때론 광야에 홀로
외로운 밤을 보내기도 하고
가끔 하늘 내려오지 않으면
하늘에 오르기도 하지

넌, 친구 아냐!

네가 어떻게 예수와 친구가 되겠어?
동갑이라야 친군데
네 나이 몇 살이야?
넌, 친구 아냐!

끼리끼리 놀고 있네
예수가 그러는데
누구든지 하늘에 계신
아버지의 뜻대로 하는 사람이
형제요, 자매요, 친구라 하잖아

넌, 예수랑 친구 할 수 있겠어?
나이가 얼만데
예수는 가만히 있고
네가 천 살, 만 살
한꺼번에 먹으면 모를까!

아!
친구가 없다
예수는 외로워

아프냐? 나도 아프다

내가 믿는 하나님은 가난하다
기도하면 부자 될까?
부지런히 기도해도 가난하다
하나님 가난한가 봐

찾아가 위로해 주지 않으면
혼자 있을 때 더 외롭다
외로워 눈물 흘릴 때 있다
너무 외로워 마라
하나님도 외롭다

배고프냐? 하나님도 배고프다
어제 밥 먹었는데
오늘 또 배고프다
의에 주리고 정에도 목마르다
하나님도 배고프다

아프냐? 하나님도 가끔 아프다
밤새워 신음하며 앓기도 해
아프니까 하나님이지

하나님도 자라겠지
아픈 만큼 성장하니까
하나님은 오늘도 마음 아플까?

돌려줄 수 없나요?

돌려줄 수 없나요?
청춘의 정열을 담은 사랑
봄날의 푸른 초원 새싹처럼
사랑을 고백했다

해와 달 따다 줄 것처럼 아니어도
해처럼 달처럼 절대 시들지 않을
사랑을 고백했다

하지만 날아간 사랑
헤아릴 수 없는 은하수 물결에
쓸쓸히 흘러갔다

아무런 말도 듣지 못한 것처럼
역사 속에 수많은 전쟁 속에
죽어간 무명의 병사처럼

돌려줄 수 없나요?
보내고 받은 상처 치유되도록

우물가에서

목마르다
목말라 죽겠다
시원한 물 한 바가지 마시면
원이 없겠다

샘솟는 우물가
물은 얼마든지

물만 마시라면 괴롭지
따끈한 숭늉을 마시면
속이 확 풀어지겠는데
사이다는 없을까?
막힌 속이 뻥 뚫릴 텐데

난 우물이야!
넌 꽃이잖아!

권정생(權正生, 1937~2007)

이 시대 작은 예수
외로운 예수
예수가 누구냐고
물음을 던지고 간 사람

권정생
그는 작았으나
심장 뜨거운 사람이었다

배고픔을 아는 사람
사랑의 유산
생명의 유산 남기고 떠나간 사람

거친 땅에서
파란 하늘을 살아간 사람
예수를 살아간 사람
권정생!

오월의 아침

오월의 아침
배고프다
맛있는 거 먹고 싶다

꽃은 만발하고 공기는 상쾌하다
온 세상은 초록 무대로 가득해
더 없는 평화 노래한다

저기 저 사람들!
오월은 봄인가?
더없는 기쁨의 날인가?

오월 왔다
이보다 좋을 순 없다고 일러 준다
하지만 그들 웃을 때
눈물을 삼켜야 했고
저들 세상 다 가진 것처럼 행복해할 때
가슴에 눈감지 못한 희망 안고
타는 눈물 목구멍으로 밀어 넣는다

너는 행복하냐? 나는 아직도 춥다
너는 좋냐? 나는 아프다
너는 배부르냐? 난, 배고프다

무슨 꽃으로도 치유할 수 없는 상한 갈대
무슨 말로도 담을 수 없는 침묵의 노래
들리는가?
피 토하며 쏟아 낸 사랑의 종소리
들리는가?

어디에 계시나요?

어디에 계시나요?
눈떠 볼 수 없다면
하늘과 땅 굳게 잠가 둘 겁니다

분주한 마음 떠돌게 한다면
머릿속에 깊이 담긴
모든 추억의 길 지우고야 말겠습니다

귀 열려 들을 수 없다면
천 길 낭떠러지에
침묵의 길 열어 둘 겁니다

그대 발길 멈춘 자리에
참 부르는 소리
손짓하는 향기에 마음 흔들려
끝없이 길 내어 주렵니다

2022년 6월 25일
제867호 기독교 개혁신보 6월의 시

쉴 만한 곳

너만은 나의 사랑이야
넌, 둘도 없는 기쁨이야
견딜 수 없는 질시의 눈 번뜩인다
너만 없으면 내 사랑인데
비수의 눈 찔러 댄다

떠나야지, 사랑도 떠나고 관심도 떠나고
정든 땅도 떠나야지
낯선 땅 홀로 서 있는 용기에 차가운 눈빛
동서나 남북 이글거리는 정염(情炎)
마음은 갈 곳을 잃는다

별들이 속삭이는 칠흑 같은 밤만
가슴에 품은 상처 토해 냈다
오려나 그날이 오려나?
오직 하늘과 땅 사이로 빛나는 희망
햇살 머금은 붉은 장미꽃 한 송이

피 흘리지 않고도 다가갈 품속
쉴 만한 곳 그 품

침묵

다가와 손 내밀 땐 언제고
붉은 장미꽃 사랑이라 하고
평생 함께 가자던 땐 언제인가?

밤하늘의 작은 별 사이로
흘러내리는 침묵

그 어딜 가야 들을 수 있나요?
어떻게 해야 반석 쪼개 용솟음치는
사랑의 노래 들을 수 있나요?

그날이 오기까지
그 약속 신기루처럼 사라질까 봐
두 눈 비비며 깨우던 밤 얼마인가요?

얼마나 숨죽이고 머리를 처박아야
하늘 문 열릴까요?

이제 기다리다 흐려진 눈으로

빛을 더듬어 봅니다
찰랑거리는 파도에도 흔들리는 등불을

3장

철드는 여름 고목
(2022년 6월~2022년 8월)

꽃과 벌 나비

정열 불태우는 꽃의 열기
푸른 숲 더욱 재촉하고
불길이라도 좋으니 길 함께 가잔다

좋은 계절 장미꽃 향 터뜨려 놓고
사랑하는 이 발길 기다리는 때
벌 나비 어우러져
어깨 춤추며 놀아 보아요

마음엔 이미 강물에 배 띄우고
산과 들에 갓 피어난 아가 꽃
살랑살랑 바람 부탁했다오

태양 떠오르면 노 저어 가고
달 뜨면 정자나무 아래 마음 묶어 두고
별빛 흐르는 노래 신청해 두었다오

함께 춤을!

이 길 아니면 갈 수 없다니
피할 수 없는 길이라면
피할 수 없다면?

그대에게 미소 보내며
벌 나비 함께 날아와 춤을
꽃향기와 함께 춤을!

은혜의 단비를

날이 좀 흐리네요
좀 더웠었는데 시원합니다
갈급한 땅 더불어 타는 농심에도
단비 내렸으면 좋겠습니다

지금 비가 필요합니다
밭은 마르고 강바닥 갈라져 갑니다
산과 들에 갈증 달래 줄 비 필요합니다
전국에 비 내려야 합니다

우리 농작물에 은혜의 단비
타는 마음 밭에도 은혜의 단비
내렸으면 좋겠습니다

힘과 지혜로 할 수 없는 걸
겸손히 인정하고 인생
하늘의 하나님께 은혜 구합니다
우리의 악한 마음 고치시고
은혜의 단비 내려 주소서

좋으리라

아침 눈을 떠 동녘 붉어 오는 걸
반기는 날이었으면

여름날 길 가다 소낙비 만나도
비 갠 후 맑은 하늘처럼
웃을 수 있다면

나그넷길 낯선 들꽃 노래에
다가가 반가이
눈인사할 수 있다면

어느 커다란 나무 아래
서녘 붉은 노을
아름답게 볼 수 있다면
얼마나 좋을까?

시인(詩人)이란?

시인(詩人)이란 누구인가?
사람이면 모두 시인이다
시를 쓰는 사람과 몸으로 쓰는
사람으로 나뉠 뿐이다

다윗은 자신의 삶을 이렇게 노래했다
여호와는 나의 목자시니 부족함이 없었지
그가 나를 푸른 초장에
누이시고 쉴 만한 물가로 인도하셨어

사망의 음침한 골짜기로 다녀 보았지만
두렵지 않았어
주께서 나와 함께 하셨지
그는 내 원수의 목전에서
내게 상도 차려 주고
내 잔이 넘치도록 부어 주셨지

요셉은 머나먼 타국 생활, 노예 생활을
이겨 내고 형제들과 만남의 자리에서
그의 극적인 삶을 이 한마디로 노래한다

"당신들이 나를 이곳에 팔았으므로
근심하지 마소서 한탄하지 마소서
하나님이 생명을 구원하시려고
당신들 앞서 보내셨습니다."

온몸으로 써 내려간 세월의 흔적
절정의 순간에 쌓은 맘 토해 내니
어찌 하루아침에 나왔으랴!

　　　♤ 해설: 사단칠정(四端七情)이 있는 인간이라면
　　　　　누구나 시인. 머리로 쓰는 시와 몸으로
　　　　　　쓰는 시로 나뉜다.

2022년 6월 21일 화요일

걱정 한번 해 봤으면

복(福)비인가요? 단비인가요?
어젯밤에 운전하는데, 와이퍼를
왕창 세게 해도 앞이 잘 보이지 않았다
지나는 차 물장구쳐서 차를 덮치면
깜짝 놀라 핸들을 더 굳세게 잡았다

어쨌든 저수지 물 좀 채워진 것 같다
이제 산불도 기를 못 펼 것 같다

목 타들어 간 곳에는 단비요
비 오면 짐 되는 사람에겐
한숨 탄식 나오겠지

비 오거나 눈 오거나
가물거나 홍수 나거나
별 상관없이 사는 사람 있을까?
비 안 오는 걱정, 비 많이 온다는 염려

나도 이런 걱정 한번 해 보고
살았으면 좋겠다

벗을 수 없는 장애로 타는 마음
감싸 안아 몸부림치는 그 누군가에겐

흐르는 강물 따라

강물에 쓰는 노래가 사랑인가?
갈대숲 사이 지저귀는 물떼새, 갈대 새
노래에 화답하는 게 아닐까?

보이지 않는다고 아쉬워하지 않고
지워졌다고 속상할 필요가 있겠는가?

사랑 노래란 흐르는 강물 아닌가?
밀려오는 물결 반기고
밀려가는 물줄기 즐겨 보면 어떨까?

흐르는 강물 따라 붉게 노을 질 때
사랑의 강물 따라
내 돛단배 띄워 보면 어떠랴!

당신의 정체(正體, identity)

말로 하기는 얼마나 쉬운가?
흐르는 강물에 낙엽 날리듯

너는 누구인가? 나는 누구인가?
내게 사랑이라 소개한 그분 일생
사랑을 따라 살다
사랑 따라 목숨도 내어 주었다

사랑 고백
어찌 진실을 빼놓을 수 있으랴!
어찌 거짓을 섞을 수 있으랴!
어찌 일생을 걸지 않을 수 있으랴!

그곳, 사랑의 터일진대
어찌 광야에 머물겠는가?

당신은 누구인가?
당신의 몸 무얼 하는 데, 익숙한가?
어떤 소리에 반응하는가?
어떤 소리가 마음의 묵상에 돌 던지나?

함부로 고백 마라

사랑한다 함부로
고백하지 마라

입술로 고백한 말
마음에 심겨 열매 맺기까지
십 년이 걸릴지
백 년이 걸릴지
그 누가 알랴?

사랑이라면
백 년이 가고 천년이 가도
변색 없어야 하리라

때론 일생을 요구할지
어느 때 목숨까지 요구한다면
응할 수 있을까?
아니면 여기까지만?

장맛비 반기나요?

장맛비 반기나요?
산 너머, 바다 건너 다가오는 손길
바라볼 수 있다면 좋으리라

비 갠 후 구름 속 무지개
남녘의 이글대는 태양 너머
파란 하늘 아래 익어 가는 열매
그 향기 맡을 수 있다면 행복하리라

낙엽 지는 소리 밟으며
잘 익는 열매 어두운 땅에
감출 수 있다면 꿈은 시작되리라

천지진동하던 세상 삼키는 함박눈
거대한 침묵 속 꿈틀거리는
생명의 소리 들을 수 있다면,
이미 봄의 향연(饗宴)에 취하리라

들리는가?

자연의 소리, 풀벌레 소리
땅이 말하는 소리
바다가 노래하는 소리
하늘이 지르는 소리
귀 기울이면 들릴까?

말할 때 들을 수 없는걸
침묵할 때 들리기도 하겠지

태양 떠오르면서 내게 뭐라고 할까?
저녁 하늘 붉게 물들어
내게 말을 걸어온다면
뭐라고 대답할까?

귀로도 듣고, 눈으로 듣고
마음으로 들으면 좋으리라

아스팔트 사이 피어난 꽃
귀 기울이면 뭐라고 내게 말할까?

낯선 땅에

낯선 새벽을 깨웠다
언제나 같은 여명이지만 밤길 가듯
조심스레 가야 한다
하얀 새털구름 붉게 물든 동녘
반기는 듯 다가온다

길 가는 건 언제나 두려운 일이다
낯설기 때문이기도 하고
여기저기 예상치 못한 위험 도사리고
있기 때문이리라

외국인 노동자 태우고 길을 달렸다
모두 낯선 얼굴에 낯선 말들 오갔다
머나먼 타국 땅 와서 종일 일과
씨름하는 저들의 마음은 무얼 달랠까?

내일을 모르는 인생
바다 건너 산악 지대 넘어
멈추지 않은 포성
오늘도 누구의 가슴 찢어 놓고 있을까?

길가 무심하게 피어나 파란 하늘
낯선 땅에 웃음 짓는 꽃 한 송이
내 마음도 함께 웃음 머금는가

다른 사람

저들은 똑바로 본다
자신들의 눈이 먼 줄 모르는 채

저들은 용감하다
남의 재물 자기 주머니에 넣는 일

저들은 진실하다
거짓 행하는데

저들은 겸손하다
교만한 행위 거부하는데

저들은 아름답다
자신들만의 왕국 치장하는데

저들은 사랑한다
악, 즐기는 사람을

빗소리

추적추적 주르륵 비가 내린다
하늘에서 땅까지 떨어져 그럴까?
가만히 귀 기울이며 들으니
자연이 들려주는 노래 정겹다

겨우내 화마(火魔)로 얼마나 힘들었나!
산림 가득 우거진 곳에 불날 때
산 아끼는 사람들 가슴마저 타들어 간다

빗소리 들린다
마음의 창에도 비 내린다
어린 시절 초가지붕 지시랑 물소리
저 푸른 하늘 끝없는 꿈
펼치던 그때로 데려간다

주룩 주르륵 비 내린다
모두 긴장한 얼굴로 하늘 쳐다본다
하늘의 뜻 묻는다
하늘의 뜻에 귀 기울인다
하늘의 때 몸과 마음 맞추고

하늘의 은혜 내리는 기나긴 장마 때도

몸과 마음 얼어붙게 하는

엄동설한(嚴冬雪寒)에도

시(詩)란?

시(詩)란?
길 가다가 날 보고 빵긋 웃는 꽃에
말을 걸고 강가의 돌멩이에
강물 따라 구르는 사연을 묻는 거다

시(詩)란?
한여름 땀 흘려 일하는 개미허리의 힘
어디서 나는지
나무 그늘 베짱이 부르는 노래 가사
무엇인가 물어보는 거다

시(詩)란?
산을 넘고 들을 지나
하늘 가득 품은 바닷속 내 어떤
밤새 쉼 없는 파도 누굴 노래하는지
그 가락에 귀 기울이는 거다

시(詩)란?
밤하늘의 별 보다가
날 오라고 손짓할 때

두 날개 펴고 우주 날아
은하수 물에 발 담그고,
별들 밤새 속삭이는 이야기에
끼어드는 거다

시(詩)란?
백두산 불러 앞마당에 밤새 두고
한라산 설득해
함께 나들이 가는 거다

시(詩)란?
보고 싶었던 역사의 인물 찾아가
못다 한 얘기 나누고
미래에 나타날 아름다운 사람
초대하는 거다

시(詩)란?
내 마음속 깊은 샘
물 길어 마시며 나그네 길 가는
잠든 꿈 깨우는 거다

사랑 왔다

기나긴 겨울 지나더니
고개 숙인 싹 텄다

엄동설한 찬바람에
옷깃 여몄더니

봄바람에 사랑 왔다
저 홀로

* 첫 시집《사랑 고백에 화답을》
받은 날 2022년 7월 15일 금요일

길

길을 간다
나는 길을 간다

천릿길, 만릿길이라도 길을 간다
지구 한 바퀴 돌고서라도
길을 간다

가는 길에
어찌 거칠고 사나운 비바람
가시넝쿨 어두움 없으랴!

그래도 길 간다
목마르고
외로운 밤 길어질지라도 길 간다

길 가다 돌아보니
홀로일지라도 길 간다
그리운 님
저 언덕 너머 있는데…

관객

주인공 연기
바로 옆에서 보는 즐거움
눈을 뗄 수 없다면
더 바랄 게 없다

주인공 떠나기 전
먼저 자리 뜨는 건
주객전도된 꼴
그러지 말아야겠지

다 떠난 자리에 끝까지 남아
홀로 박수하는 사람
진정 주인공 아닌가?

주인공을 주인공 만들어 주는
관객
멋지지 아니한가!

한여름 밤의 꿈

무더운 여름, 어릴 적 꿈 되새기며
파란 하늘에 뭉게구름
마음 실어 여행 중인가요?

길가 무심코 피어 있는 꽃
눈길 한번 주지 않아도
환하게 웃는 꽃
눈웃음치는 행복 누리고 있나요?

한여름 밤의 꿈 슬쩍 쳐다보고
지나갑니다 나중에야 알았지요
무슨 뜻인지 모르다
한여름 밤의 꿈 지나서
겨울밤 지날 때야 그날 기억합니다

그게 꿈이었다는 걸
꿈과 마주쳤을 때
뭐라고 얘기했어야 하는 걸
그때야 알았지요

한가한 꿈 나들이 나왔다가
작은 꽃 한 송이 위 머물다
남태평양 그늘 찾아 사라져 갑니다

닳아 없어지기

봄
모든 게 새롭다
하늘에서 들녘까지
사람만 말고

여름
꿈을 향해 모든 걸 다 걸고
달려가는 길
땀 거둘 겨를 없다

가을
쉼 없이 달려온 길
하늘엔 빨간 열매
땅엔 닳아 없어진 낡은 껍데기

겨울
낡고 닳아 없어진 자리
꿈꾸는 봄
남은 건 흐려진 흑백 사진

봄, 여름, 가을, 겨울

봄, 눈 떠 하늘 쳐다보는 순간
가져 볼 만한 것 많다
하늘만큼 땅만큼

여름, 숨만 쉬어도 땀 흐른다
꿈을 안고 달리지 않으면
꿈을 갉아먹는 괴물
씨름하자며 싸움 걸어온다

가을, 초가을엔 기대에 부풀어
깊숙한 가을 길로 접어든다
가을 향연에 초대된 영웅들
부러운 눈길에 여기저기 탄성

겨울, 쉬고 싶었는데
낙엽 지고 해 저문다
어디서 쉬어 가나
어디서 돌아온 날 헤아려 보나
거두지 못한 정
자꾸만 뒤돌아본다

무인도

외로워야 보인다
외로워야 곁을 내어 주는 나무
들풀, 이름 없는 꽃

외로워야 옛사람 떠오르고
그리움도 짙어 온다
무심히 지나친 풀꽃
눈인사도 정겹다

외로운 밤이라야
외로운 별들의 어울림도 부럽고
홀로 걷는 걸음 소리 들려온다

조금씩 느껴 보는 눈물에 젖은 빵
목말라야 허덕이는
삶의 짭조름한 맛
외롭지만, 알 것 같다
좀 달다

꿈은 굽지

꿈은 이루어진다
진짜?
우리 월드컵 축구 4강에 올랐다
우리가 꾸지 않은 꿈이었다
16강 꿈이었는데
한때 나도 꿈꾸다가 깨어났다
20대에 대통령 되는 꿈 포기했다

요셉도 한때 꿈을 꾸었다
하지만 고난과 시련 겪고 난
먼 훗날에야 그 뜻을 깨달았으리라

한때 부자를 꿈꾸었다
왜냐고?
배고파 봤으니까
세계 제일의 부자, 그런 꿈 아니다
혼자 외로워 어떻게 살라고

부자가 꿈이었다
나눠 주고 꿔 주어도 배 아프지 않은

잔잔한 기쁨
누릴 수 있는 그런 부자

지금도 꿈꾸냐고?
꿈을 잃어버린 사람도 있겠으나
난, 젖은 꿈 두 발로 밟아 굽고 있다
그 언젠가 꿈동산에 거닐 때
옛 얘기 하려면
꿈 하나쯤 있어야 하니까

길을 간다

나는 길을 간다
어릴 적 태어난 곳은 함평군 학교면 금송리
큰 바위산 아래서 태어났다
부근에는 영산강 줄기가 흐르고 있다
한 살 때 새긴 바위라는 동네(銘巖)로 이사
이곳에서 어린 시절 꿈을 꾸며
개구쟁이 삶을 익혀 갔다

여덟 살 때 열 살이나 많은 큰 형님의 손
잡고 학이 건너는 다리라는 이름을 가진
초등학교에 들어갔다
학다리중앙초등학교다

학이 건너는 다리의 중학교 시절
말 그대로 눈물에 젖은 빵
일찍이 경험한 시절이다
농번기 때 동네 모내기, 보리 베기
양파 캐어 나르기, 가을에 벼 베기
어른 못지않게 열심히 했다
서녘 하늘 물들면 얼굴에 하얀 분이

서린다 그건 마른 소금이다

중학 졸업장도 없이 서울이라는
거대한 인간 시장으로 향했다
처음에는 작은 꿈 키우는 거리로 알았다
나중에야 말은 낳아 제주도로
사람은 서울로라는 말을 실감하게 되었다

길을 간다
여기저기 방황하다가 길을 간다
나중에 보니 모든 사람 길 가고 있었다
누구랑 길을 갈까?
누구랑 무얼 보며 무슨 얘기를 하며
길을 갈까?

나는 길을 간다
앞길 보이지 않으나 뒤돌아보는 길 환하다
되돌아갈 수도 없고 다시 지울 수도 없는
뚜렷한 길 줄곧 날 따라왔다
길, 길을 가면
어느덧 길은 길 내어 주고 친구 된다

함께 길을 가고 싶다

끝없이 펼쳐진 들꽃 만발한 벌판
걸어가면 벌과 나비
친구 되어 따라오겠지
길을 걷고 싶다
하늘과 땅 만나 서로 입 맞추어
사랑과 기쁨의 샘 터지는 곳까지

*《시월, 함께 걸어요》 시집 시인의 말
2022년 7월 23일 토

꽃에도 눈이

꽃에도 눈이 있다
보는 눈이 있어
누가 내게로 오나 하고 엿본다
누구랑 함께 꽃향기 맡으며
속삭이는 숲을 걸어 볼까?

산도 눈이 있다
나무도 보고 숲도 본다
골짜기에서 흐르는 물도 좋다
누구랑 함께 산에 올라 발아래
펼쳐진 드넓은 산하를 노래해 볼까?

강도 눈이 있다
한없이 흘러내리면서도 지치지도 않는다
세월의 강물 떠내려 보내기 때문이겠지
누구랑 강을 건너며
팔딱 뛰는 월척 잡아 볼까나?

바다도 눈이 있다
항상 강 같은 잔물결만 일지 않는다

거칠고 사나운 파도 타고
신세계를 항해하기도 한다
누구랑 거친 파도를 갈라
고기 잡고 꿈도 함께 꾸고 싶을까?

세상도 보는 눈이 있다
무얼 보고 무얼 생각할까?
누구랑 같이 세상 열어 가는 꿈꿀까?
꽃에 물어볼까나?

시(詩) 읽는다는 건

시 읽지 않고도 삶의 깊은 곳으로
한 자락 들어갈 수 있을까?
발바닥 밑에 황금 깔려 있는데
가난을 일상으로 하고 궁핍을 견디며
살아갈 수 있을까?

시 읽는 건 마음의 강을 노 저어 가며
꽃과 벌 나비의 노래에
화답하는 거다

마음의 여유,
삶의 여유 말라갈 때
시 한 자락 눈에 들어오지 않는다

왜, 시 쓸까?
시를 쓴다는 건, 나 자신의 모습,
숨어 있는 모습까지 보여 주는 길라잡이

온 세상, 온 우주가 들려주는 노래
시(詩) 아닌가?

눈에 보이는 세상, 보이지 않는 세계
조물주 하나님은 사랑이라
그의 작품 또한 선하고
아름답지 아니한가?
어찌 시와 찬미로 노래하지 않으랴!

경주자

꼭 골인 지점에 맨 먼저 들어와
우승해야 맛인가?
우승, 인생에 다는 아니지 않은가?
2등 하면 어떻고, 3등 하면 어때서

또 꼴등 하면 어때?
꼴등이라고 생각한 사람에게
얼마나 위로가 되겠어?
달리기에서 꼴등 했다고 인생에도
꼭 꼴등이란 법은 없지

일등 하려면 뒤돌아볼 여유가 없어
달리다가 한 번쯤 누가 내 뒤에
따라오나 돌아봐야 사는 맛이 나

앞만 보고 달리면 함께 가는 사람
표정을 읽을 수 없어
그게 무슨 재미야!
달리는 길에 쓴맛, 단맛, 매운맛
짭조름한 맛도 봐야 인생길 아니겠는가?

모세

어느 날 도망자 신세
하루아침에 파라오의 화려한 궁전
찬란한 왕자의 권세 모두 날아갔다
내가 왜 그랬을까?
끝없는 회한(悔恨)

광야 40년
불면(不眠)의 밤, 얼마였나?
자다가 벌떡 깨어나 발견한
나의 꿈같은 현실 이집트의 왕자
광야의 목동이라니

화려한 시절
찬란한 꿈 어디서 다시 찾나?
그리운 사람도 날 못 잊을까?

얼마나 많은 세월을 태워야
잊을 수 있나?
얼마나 오랫동안 외로움에 묵혀 두어야
다시 하늘을 볼 수 있나?

무릎에 멍든 자리
굳은살 생기는 순간
가슴에 타는 마음 적막한 광야 묻는 순간
다시 이집트로 향한다
지팡이 하나 들고서

딴생각

장맛비 제 역할 다했나요?
드디어 아이들에겐 환호
어른들에겐 이마 구슬땀, 허리 휘어도
아이들 밝은 얼굴에 견딘다

서너 걸음만 걸어도 땀이요
일고여덟 번 팔을 저으면
이마에 구슬땀이라

겨울 춥다는데 어떻게 느낄까?
손 시리다는 게 뭐지?
한겨울엔, 덥다는 게 뭐지?
반소매 입고 지낸다며?

땡볕 더위에 익어 가고 살갗 에는
추위에 나이테 하나 늘어난다
속살 들여다볼 때 굵고
향기로우면 얼마나 좋으랴!

무더위

이마를 몇 번이나 벗겨 내야
이 더위 지나갈지
먹구름 슬며시 다가와
천둥·번개 온 산천 몇 번이나
두들겨야 떠나갈지

그은 얼굴에 희망이라곤 일도 없는데
머나먼 장터 길 무디고 낡은 자전거 타고
무거운 인생길 걸으셨던 아버지
더위, 너마저 지친 다리
늘어진 허리에 커다란 짐이구나

공동묘지 산자락에 내린 무더위
챙 굽은 모자 얼굴까지 푹 둘러쓰고
머리 벌겋게 익을 때까지 홀로 콩밭
깨밭 매시던 어머니
죽은 듯 고요하다

그리운 아들딸 석양 너머로 물들어 오면
허리 한번 펴고 데워진 주전자 물에

타는 목마름 채우누나

앞서간 그리운 얼굴들의 여름나기
자꾸만 눈앞 서성이누나
지겹고 힘들지만 그래도 수많은
추억을 품에 안겨 준 님들의 사랑
이 여름 지나기 전 잊힐까 두렵구나

중천에 오른 여름아!
잊힐까 두려운 아름다운 이야기 안고
다시 올 수만 있다면
더운 여름아
내 가슴에 안고 안녕!

나한테 말해 봐!

겟세마네 동산에 어느 한 청년
고민하고 슬퍼하며 기도에 집중했다
전문가는 이유는 묻지도 않고 말한다
고민은 왜 해?
경전에 항상 기뻐하라고 했는데…
소원을 말해 봐 내가 다 들어줄 테니
뭘 그런 거로 그래
고민의 흔적 일도 없다

제자들 속 편하게 잠도 잘 잔다
그 청년의 얼굴에 땀 피처럼 흘러내린다
고민이 뭐길래
저렇게 피땀 흘려 기도할까?

살다 보면 웃을 일도 있지만
고민도 있고 울 일도 있지 않은가?
어떤 인간 친한 줄 알고 고민 털어놓으면
생각 일도 없이
고민을 왜 해?
다 맡기고 기도하면 돼

세상 참 쉽게 산다

제 아들 교통사고로 다리 부러졌어요
뭘 그런 걸 가지고 그래
내 아들은 다리 두 개나 부러졌어
결혼하고 8년 지났는데 아이 없어요
뭘 그런 걸 가지고 그래
때가 되면 다 생겨요
때?

늘 이런 식이다
많이 위로 마음의 문만 스치고 지나간다
웃음에 목마른 세상
눈물에 가문 세상 아닌가?

난, 울고 싶다
남 웃는데 왜 눈물이 날까?
들꽃 만발한 벌판, 푸른 하늘 향해 나는
향기에 어찌 깔깔대며 웃지 못할까?

뭘 그런 거로 고민해
나한테 말해 봐!

능소화

밤이면 전등불 하나둘 켜 놓아
별 빛나는 여름밤
노래하며 지키던 너!

고향 집 대문 기다란 팔 뻗어
전봇대 타고 놀다가
아침이면 꺼진 등(燈)
하나둘 하늘 아래 떨구어
땅바닥마저 예쁜 수놓던 너

고향 찾을 때면 맨발로 반기던 너
곱던 여인의 손 잃은 까닭에
지금 그 어디쯤 시들었을까?

You can

이봐! 뭐 해
내려와야지
You can
당신은 할 수 있어!

뭘 꾸물대고 있는 거야
많은 사람이 보고 있잖아
지금 당신의 능력을 보여 줄 때라고

그보다 훨씬 더 어려운 일도 해냈잖아
난, 할 수 있다고 크게 세 번만 외쳐 봐
그럼 할 수 있어
자, 호흡 크게 하고 해 보는 거야

자 어서 뛰어 내려와
내려오면 당신은 영웅이 될 거야
응원하는 사람들의 눈빛 좀 보라고

십자가에 못 박힌
예수를 향해!

다리

묻지도 않고 놓여 있기에
그냥 무심결에 건너왔다
건너도 되냐고 묻지도 않았으니
건너고 감사하다는 인사 당연히 없었지
덥다 한참 덥다
빨리 겨울 왔으면 좋겠다
그늘 가면 그래도 시원한데
그것으로 만족할 수 없다

동네 샘 양쪽 어깨에 물지게
가득 담아 흔들흔들 지고 온다
출렁대며 쏟은 물만큼
땀으로 먹 감고야 집에 도착한다
뜨겁게 달궈진 등짝에
한바탕 바가지 물을 끼얹으면
아, 이 또한 꿀맛 아닌가?

전기세 나중에 내니까
에어컨 틀어 놓고 더위 멀리 보낸다
땀 뻘뻘 흘릴 때면

미지근한 물로 샤워하고
잠깐 누우면 무릉도원 아닌가?

뙤약볕, 이마 벗겨 내는 여름날
깊은 골 억세게 자란 산 풀
도토리나무 섞어 한 지게하고
마당 가득 널어놓는다
왜냐고?
그래, 된장국에 보리밥이라도
먹어야 하니까

다듬잇돌, 절구통, 가마솥에 부지깽이
엄마에겐 필수 장비
비가 오나 눈이 오나
가족들 입가에 풀칠하기 위해
가마솥 열기로 몇 번이라도 멱 감고
뜨거운 밥 지어냈다

운수 좋은 날이면 낮에 베어 말린 억새로
마당 아궁이에 말린 갈치 구워 낸
어머니의 손길
아! 이 맛, 입안 돌고 나온 달콤함
고소한 맛이라니 평생 코끝 자극한다

찌개 전자레인지 버튼 한 번이면
데운 음식 땡이다
더위에 밤잠 설치면, 에어컨으로 달랜다

저녁때면 모깃불 피워 놓고 덕석 깔아
저녁 먹은 후 은하수 별 세다가 잠들면
엄마의 부채질 소리 더 요란타

무심결에 커다란 다리 건너왔다
미처 고맙다, 감사하다
그 흔한 말 건네기
너무 멀리 건너오고 말았다

2022년 8월 3일 수요일

라떼는?

나 때는 전화기 하나씩 들고 다녔어
뭐? 그걸 어떻게 들고 다녀?
나 때는 몸에 칩을 박았지 편해
유비쿼터스(Ubiquitous,
'어디에나 있는')야!

우리 때는 벽돌만 한 전화기였지
두 손으로 겨우 들고 전화했어
그래도 거의 혁명적이었지
선을 연결하지 않고
어디서든 전화할 수 있었으니까

우리 때는 동네 전화기 겨우 한두 대
그래서 이장이 마이크로
아무개 씨 전화 받으세요 하고
온 동네 광고했지

많이 좋아졌네
우리 때는 한양까지 말 타고 달렸어
없는 집은 걸어서 천릿길이었지

옷도 다 하얀 옷 입었어
백의민족(白衣民族), 착하게 살자는 얘기지
요즘 좋은 세상이야

나 때는 말이 필요 없었어
눈빛만 봐도 통하는 게 있으니까
말 그대로 낙원이었지
그럼 어떻게 말을 전해?

부재(不在)

아무리 꿈을 꿔도 깨어나지 않는다
아무리 새벽을 깨울지라도
동녘은 붉게 물들지 않는다

아침 이슬 따라 길 나서려는데
여전히 미명(微明)
나뭇잎 숨 쉬지 않고 꽃들은 웃음
잃었다
나보고 어쩌라고?

그 얼굴 떠오르는데
이름 떠오르지 않는다
잡힐 듯, 잡힐 듯 잡히지 않고
눈앞에만 어른거리는 얼굴

걸어도 걸어도 나그넷길
보이지 않는 버들잎 외로운 정자
고개 넘으면 시원한 바람
이때쯤이면 서녘 하늘 물들어

귀 내어 준 빛나는 별들 얘기
뜨거운 태양만 멀쩡한 오늘

어떨까?

화장실 변기 뚜껑 열린 줄 알고
무심코 앉았을 때?
말로 표현을 못 하겠다

눈 가리고 뱀장어 든 항아리에
손 넣어 보라고 할 때, 느낌은?

봄볕 꽃봉오리 터뜨리는 순간
벌 나비 무슨 곡조에 맞춰 춤출까?

밀물과 썰물 교차하는 순간
그 소리, 그 맛 어떨까?

해 떨어져 달 떠오르는 순간
그들의 입맞춤 느낌은 어떨까?
확 달아오를까?

빛의 속도에 물러간 어둠
그 비명 아픔일까, 쾌락일까?

길 가다가 우연히 마주친 진리와 사랑

표정 어떨까?

눈동자 흔들려 당황스럽다

울어야 할까?

웃어야 할까?

훔쳐보기

적나라한 알몸을 본다
아무도 옷을 입지 않아
눈 둘 곳 찾지 못한다
그런데 아름답다 벌거벗은 나무
벌거벗은 꽃잎, 벌거벗은 향기
아름다워 은근히 끌린다
벗어도 부끄러운 것 없는 아침 이슬
목욕한 새잎처럼 그 마음 속내
부럽다

벌거벗은 마음 들여다보아도
부끄럽지 않고
반갑고 즐거운 노래
함께 부를 수 있다면 얼마나 좋으랴!

남에게 보이는 속마음
둘이 있을 때 속살 보이는 게 아닐까?
무심코 흐르는 강물

발 담그고 사랑 노래 평화의 노래

함께 들을 수 있다면 좋으리

2022년 8월 5일 금 수필 1권 저자의 말

야곱의 얍복 나루(ford of the Jabbok)

천사와 씨름해서 이긴 게 야곱일까?
뭐 자기 대단한 줄 아는데,
400명 군인을 데리고 마주 오는 형, 에서

자기를 속이고 복 빼앗아 간 놈
잡으러 오는데
겁 안 날 사람 어딨어?

양 떼, 소 떼, 토끼 같은 애들, 마누라
앞세우고 자기는 맨 뒤
여차하면 삼십육계 쓰려고 꼼수 부리다가
엎드린 자리 얍복 나루터 어떨까?
너무 많은 거 아닌가?
삼촌 라반 집에 있을 땐
어려웠지만 꾀대로 됐는데…

할 수 없어서 엎드린 나루터
밤새 살려 달라 몸부림치며 맞닿은 새벽
끝까지 매달리다 부러진 환도 뼈
'그래 네가 이겼다'

'이기기는 뭘 이겼다고 그래?'
'항복한 거야, 항복!'
그제야 산다는 걸 깨달은 거지

얼마나 살았다고 감히 하나님을 이겨!
뼈 부러져 얻은 별명 이스라엘!
걸을 때마다 절뚝거리는 다리
파라오 앞에 배고파 왔다 할 때
구겨진 자존심
걸을 때마다 절뚝거리는 다리
얼마나 쪽팔려

얻어먹으러 간 주제에
파라오에게 축복하고 나오는 거 봐
인생을 살아 보니 좀 달라진 거지

당신은 누군데, 믿음의 조상
야곱에게 반말하세요?
나? 아담, 몰라?
낙원 팔아먹은 사람이야
낙원 잃고 구백 살 정도 살면서
얼마나 후회한 줄 알아?

펜 한 번 긁적긁적

저들은 신문 방송에 나올 때마다
밝은 표정, 잘생긴 표정을 짓습니다
저들은 자기들끼리 만나고
자기들끼리 먹고 웃고 논다

한 서린 목소리 하늘 찔러도
저들의 귀에는 자장가다
어미의 애절한 목청도
아비의 굽어 버린 허리도
우습게만 보인다

저들의 머리 몇 번 굴리니
금수강산, 이 나라, 이 강토
땅 흔들리고 강물 솟구쳐 올랐다
주소 잊은 허망한 이름
목 놓아 주인의 이름 찾는다

엄마 잃은 아가 울부짖음
아가 놓치고 미친 듯
넋 나간 엄마의 눈

하늘 땅 되고 땅 하늘로 올라간 때
저들은 양탄자의 꿈 꾸었다

저들은 펜 몇 번 긁적거렸을 뿐인데
핏빛으로 물든 강물
어째야 할까!?

들킬까 봐

나는 운다 숨어서 운다
들킬까 봐 숨어 운다
두만강 건너는 노래에 흘려보내고
흥남 부두 목 놓아 부르는 금순이

부산 국제시장 장사치 애처롭게 누이
찾는 목소리에
사공의 뱃노래 가물거릴 때
목포의 눈물 따라
오늘도 정처 없이 걷는
나그네 설움 따라
조금씩 흘려보낸다

미아리 고개 넘다 뒤돌아본
그 서러운 눈길 마주칠 때
함께 울면 못 돌아올까 봐
목구멍에 눈물 삼킨다

그리운 엄마 찾아 천릿길이라도
그리운 님 부르다 지쳐 잠든

212

어느 소년의 서러운 잠꼬대 따라 운다

나는 운다

숨어서 운다

울다 들키면 얼마나 쪽팔리는가?

2022년 8월 7일 일요일

착각

상향등 켜면 어떡해?
눈을 뜰 수가 없잖아!
다른 사람을 배려할 줄 알아야지

약간 각도를 낮춰서 비추면
괜찮을 거야
자, 가 보자고

이제 괜찮네
내가 고개 숙이니 훨씬 낫네
살며시 태양 피하는 달그림자

바람난 구멍

구멍 하나라도 막히면 불편하다
두 구멍 막히면 끝이다
뚫려야 사는 구멍이다

마음과 마음 막힌 담
시원한 바람 들도록 뚫렸으면 좋겠다
남북이 가로막힌 철조망
구멍 숭숭 뚫려 참 자유
평화의 꽃 피었으면 좋겠다

한때 구멍 뚫려 민족의 비극 가져왔다
민족의 의로운 정신 거짓에 뚫렸고
탕! 두려움 없이 당긴 한 방으로
김구, 저세상 사람 되었다

구멍 하나가 살게도 하고
민족도 위인도 죽게 하는구나
넌, 도대체 누구냐?

떠난 사람

눈을 감으면 온화한 미소 짓던 모습
환하게 웃으며 반겨 주던 모습
가끔 조용히 먼 산 바라보는 모습
무한히 정겹고 다정한 모습
현실에 눈을 뜨지 않고는
동영상을 지울 수가 없다

눈을 뜨면 흑백 사진
피부도 거칠고 눈동자
한 곳만 쳐다본다
이미 떠난 사람인 걸
어쩌란 말이냐!
다가올 그날 있어
서둘지 않아도 오리라

눈 감으면 떠오르는 아름다운 영상
한 손만 뻗어도 닿을 것만 같은 사람
한 걸음 한 걸음 나그넷길 걸으면

그리움 가슴에 묻고 가리라

저 하늘에 닿기까지

2022년 8월 10일 수요일

시치미 떼듯 가는 여름

밤새 내리던 비도 잦아들고
천둥·번개 저 멀리 물러가
다시 쳐들어올 기회만 노립니다
저들은 속도 없이 마음조차
할퀴고 갔을까 걱정이 앞섭니다

건물 지하에 든 물을 퍼내느라
물에 잠긴 집기와 팔 물건들 들어내느라
허리 휘고 주인 속도 모르고
흐르는 구슬땀
굴곡진 얼굴에 미끄럼 탑니다

모처럼 파란 하늘 미소 띠고
뭉게구름 멋진 자태를 뽐내며
밤새 아무런 일 없었다는 듯
시치미 떼듯 쾌청합니다

목청 터지라 울어대는 매미
소리에 놀란 나무들 한 뼘씩 자란다
아픈 만큼 속으로 여물어 가는 곡식

철없이 마냥 뛰놀던 여름방학 시절
먹 감고 그은 얼굴
초가지붕 들어서며 무슨 배짱으로
큰소리로 내 밥 줘!
하던 때 어찌 그리울까요?

2022년 8월 12일 금요일

혼자 먹는 밥

혼자 밥상 차려 먹어 보았나?
된장국 맛 잃어 가고 김 모락모락
피어나던 밥 식어 간다

목구멍 포도청이라 먹기는 먹는데
오리라 기대하던 사람 기별도 없다
행여 늦게라도 올까 봐
몇 번이나 들었던 숟가락 내려놓는다

온종일 일하고 집으로 돌아올 때
지지배배 지저귀던
새끼들 떠난 빈 둥지
괴물같이 커다란 시골집
한 번도 거르지 않고 지키는 적막
한 꺼풀 걷어 내고 낯선 방 안 공기
적응하려 해도 아직 미숙하다

그리도 사랑하고 아끼던 사람아
어디에 정을 두고 이 자리 비우는가?
밤은 깊어 가 이부자리 펴는 어둠

수심에 찬 얼굴에 미소를 보낸다

혼자 먹는 밥! 뭐가 맛있겠나?
그래도 그리움 벗 삼아
모래알 같은 아침밥 씹는다

아들 노릇

명절 때만 찾는다
천 리 고향이지만
그래도 기다리는 어머니
천릿길 눈앞이다
목 빠지게 기다리는 그 마음
그 누가 알아주랴?
명절마다 문안드린다지만
어디 그게 인사인가?
턱도 없다 인사치레지

천둥·번개 두려운 밤 30년 장맛비
쏟아져 내리는 기나긴 여름날
콩밭 매고 깨밭 풀 뽑느라
허리 굽어 펼 힘도 없을 때
달래 줄 물 한 모금 뜨거웠다

나만 따뜻하면 간곳없는 추운 겨울
부엌 홀로 불태우는 사연 사라져
막연히 성난 장작 아궁이에 쑤셔 넣는다
내 눈에 안 보이면 어머니

언제나 안녕하셨다

어이 세월의 강물 멈출 줄 모르나?
미련도 남기지 않고 흐르기만 하는가?
세월에 몸 맡겨 홀로 넘긴 30년
일 년 한두 번 마시는 물로 지킨 빈 둥지
어찌 그리움 삼킬 수 있으랴!

이제는 가고 없다
일 년이라도 곁에 함께 있으며
시답잖은 말에 응대하고
함께 보리밥에 누룽지, 된장에 풋고추
먹는 재미 가져보려 하나
님은 어디 가고 없는가?

태양 뒤로 돌린 여호수아의
뜨거운 기도라도 있으면 좋으련만
한 바퀴, 두 바퀴 아니 스무 바퀴
백 바퀴라도 돌려 그날에 외로운 자리
서러운 빈자리 한구석 채우련만
내겐 그런 능력 없으니 어쩌랴!

외로워 봐라

외로우면 허상이 보인다
전에 보이지 않던 사람
가까이 다가와 뭐라고 속삭인다
서로 눈 마주치지만, 말 없다

외로우면 들리지 않던 소리도 들린다
외로우면 전에 꾸었던 꿈도
다시 꺼내 깨물어 본다
꿈인가 생시인가?

적막강산(寂寞江山) 소리조차 숨죽인 때
귀 기울여 보라
어둠 다가와 뭐라고 속삭이는지

왁자지껄 떠들어대는 순간
마음속 깊은 곳에 울리는 외로움
지쳐 잠든 숨결에 귀 기울여 보라
누구와 어울리는지

광야로 홀로 서서 들짐승 우는 소리 따라

들려오는 외로움에 맞서 보라
눈은 떴으나 보이지 않는 모습에
마음으로 다가가 보라
한없이 사라져 가는 소리에 귀 기울여도
들리지 않은 고독에 마주해 보라

한 번 외침 속에 천년의 침묵
한번 만남에
기약 없이 기다리라는 약속
외로운가?

어디까지 갔을까?

어디까지 갔을까?
앞서가는 걸음 얼마나 외로웠을까?
생각할 때 자꾸
그 사람 뒷모습이 다가온다

어디까지 왔을까?
걸어온 모습 생생할 때
자꾸 허덕이며 살아온 모습 다가온다

한 걸음 두 걸음 옮길 때마다
삶이 내게 허락한 맛 곱씹어 본다
神이 허락한 삶의 자리
어디만큼 왔을까?

들에 홀로 핀 꽃 바라본다
해 저문다고 향도 질까?
옷깃에 젖는 작은 이슬방울
더딘 걸음이나 꿈길 가잔다

나도 간다

숲길을 걷는다
푸른 잎 사이로 흐르는 바람 살결
보드랍게 매만지고 지나간다
입가에 웃음 돋는다
멀리 있던 친구
좋은 소식 보낸 것처럼 반갑다

하늘에 뭉게구름 두둥실
새로운 무대로 나를 초대한다
은혜다
어찌 세상일 그냥 되는 게 있으랴!

무덥고 장마에 시달린 깔딱 고개
곧 넘으려 한다
돌아보면 또 그리워하겠지만
다시 저 멀리 손짓하는 가을 얼굴
눈 맞추고 싶다

흘린 땀방울도 웃으며 보낼 수 있겠지
휜 허리도 펴고 함께 애쓴 손길도

다정한 애깃거리로 다가오겠지

숲길을 간다
여름도 가고 뭉게구름 탄
파란 하늘도 간다
내 마음도 가을을 간다
열매 한두 개라도 기대 품은 채

들꽃 머물다 간 자리

키도 작달막 도토리 키 재기다
어디서 날아와 거친 땅에
발을 내디뎠는지 알 수도 없다

이마 벗길 듯 내리쬐는 뙤약볕
조금만 길었어도 저 멀리
물 좋고 정자 있는 옆으로
이사 갔을 거다

가시넝쿨 거친 땅이면 어떠랴!
그래도 발 뻗을 자리
눈비 가려 줄 작은 터 받았으니

희미한 전등불, 아니 반딧불이면 어떠랴!
별빛 쏟아지는 밤 꾸었던 꿈
세상에 작은 꽃일지라도
고운 님 그리며
가슴에 품은 향 쏟아 놓으리라

푸르고 푸른 소망

하얀 뭉게구름 때문에
파란 하늘 더 파랗게 나래를 폅니다
흰 구름 사이 내리는 뙤약볕
인내의 한계 시험하듯 열 올립니다

하지만 우리는 압니다
콩밭 매는 아낙 얼굴 검게 그을고
벼농사 길 밀짚모자 찌그러져도
미끄러지듯 흐르는 시원한 바람의 달콤함

어디를 둘러봐도 푸르고 푸른 산과 들
비단결 같은 논과 밭
마주 보지 않고는 눈을 뜰 수 없습니다

우리는 압니다
인내의 힘줄 힘껏 당겨
끊어질 듯하면 놓았다가
다시 뜨거운 열기만 보내지 않는다는 걸

우리는 압니다

뜨거워진 머리로 얼어 버린 호수 녹일 만큼
피하고 싶은
마지막 가는 당당한 여름인걸

우리는 소망합니다
저기 푸르고 푸른 소나무 빛깔처럼
그날에 어깨마다
한 아름 누런 열매 걸쳐 두고
함박웃음 짓고 노래할 그때를

이왕 하려면

아들아! 대인(大人), 대인(大人) 하는데
말은 대인인데 행동은 소인(小人)처럼
행동하고 큰기침한다

장 발장처럼 빵 한 조각 훔치고
평생 도망 다니려면
이왕에 큰 도둑(大盜) 되어라

어떤 이는 훔치는 기술 배우더니
회사도 훔치고 사장, 회장도
나라까지 훔치더라
공짜로 얻으니 얼마나 좋겠냐?

좀 더 훔치는 기술 배워 시간도 훔치고
마음도 훔쳐 봐라
잘 배우고 익혀 이왕 도둑 되려면
큰 도둑이 되어라
잘하면 세상 나라보다 더 큰 나라도
훔칠 수 있다더라

채비 하나

누가 대형 에어컨 켜 놓아 끄지도 않네요
세금도 안 내나?
주룩주룩 빗소리 정겹고
마음속 가을도 정겹습니다
가을 문턱 넘으려는 채비 서두르나 봅니다

저 빗소리
처량하게 들리는 사람도 있을 텐데
삶이 밤과 낮, 교대하며 익어 가듯
잘 견뎌 좋은 근육 생겼으면 합니다
행복한 마음 느낄 수 있길 소망합니다

가을비 동력 삼아
저마다 삶의 도구 하나씩 꺼내 들고
가을 길 들어서겠지요
겨울 어서 오라고 손짓하기 전에
오래 두어도 변치 않는 향기로운 추억
만들어야겠어요

삶을 다정하고도 정겹게 대할 수 있다면

얼마나 은혜입니까?

항상 예기치 못한 일 다가와 살 만하냐?

물을까 봐 긴장의 끈 놓지 못해요

누가 알까?

누가 알까?
그날 몸부림치며 뿌린 씨앗을

누가 볼까?
그날 눈물로 애탄 심정을

누가 갈까?
낯선 길
뒤돌아보면 홀로 서 있는 그 길을

그래도 가야 할까?
가야지 그 길
깊은 밤 신음으로
마음 달래던 그 사랑으로
심고 은혜로 거두는 길이라면

덮는다고 묻힐까?

흙으로 덮는다고 묻힐까?
언 땅 뚫고 올라온 진실

총칼로 자른다고 잘릴까?
피 토하며 부르짖던 그 사랑

어둠으로 가린다고 가려질까?
하나의 물결로 이어 온 빛줄기

세월 가면 잊힐까?
새파란 눈에 담고
뜨거운 심장에 깊이 박아 둔
그 진실, 정의, 사랑

4장

가을 나무 끝에 달린 홍시

(2022년 9월~2022년 10월)

조금만 더 걷자

이마 벗겨 낼 뙤약볕 내리쬐는 일도
잠시 후면 그리울 때 오겠지요
매미 소리 잦아들자 여름 지는 저녁 그늘
귀뚜라미 울어대
어린 시절 추억 불러내 웃음 짓게 합니다

한 걸음 두 걸음 걷다 보면 그리워할 곳도
너무 멀어 바라만 보겠지요
한 걸음씩 걸어가야 하는 나그네 인생
그저 푸른 들에 나그네
반기는 꽃들 수다에 끼어들 수 있다면

하늘의 뭉게구름 새털구름 꿈꾸는 세상
함께 꿈꿀 수 있다면
난, 노래하리라
평화로운 강가 지는 노을 바라보며
감사의 노래
사랑의 노래 부르리라

카오스(Chaos)

태양은 동쪽에서만 뜰까? 왜!
서쪽에서 뜨게 할 수 없을까?
인간의 이성과 과학 문명 힘으로

왜 바닷물은 바다에만 있을까?
한 달에 한 번
아니, 힘들면 일 년에 한 번이라도
바다의 바닥을 말릴 수 없을까?
물이 우주를 여행하는 동안
그러면 바닷속 다 보이겠지

왜? 남자는 남자이고 여자는 여자일까?
왜? 코끼리는 항상 코가 길어야 할까?
고양이처럼 귀엽고
작은 사자 만들 수 없을까?

한번은 바닷속에
한번은 히말라야 정상에
한번은 태양에
한번은 다른 사람 마음속에

한번은 자아 벗어난 우주에
서 볼 수 없을까?
한번은 런던에, 뉴욕에, 아프리카 정글에
사막에, 아마존 밀림에
동시에 있을 수 없을까?

지구는 왜
항상 그 자리만 맴돌까?
가끔 삶이 지루할 때
지구를 돌려 머나먼 우주 속으로
별들이 꿈꾸는 은하수 속으로
여행할 수 없을까?

과연 내일은
내일의 태양이 뜰까?

맞짱

길을 간다
숲길로 간다
아무도 말을 걸지 않는다
산새들 가끔 노래하고
풀벌레 소리도 다가온다

갑자기 누군가
내 앞을 막고 째려보고 있다
올려보아도 한참 올려보아야
겨우 얼굴 마주할 수 있다

대장부는 눈싸움에서 지면 안 되지
무시 안 당하려면
눈에 힘주고 어깨도 쫙 펴야지
앞길 막아섰으면
뭐라 말을 해야지
시빗거리 있으면 얘기를 해

난 싸우는 걸 좋아하지 않는다
누가 그러는데 안 싸우고 이기는 게

최고의 상수라던데

맞짱 떠봤자 안 된다는 걸
나는 알고 있다
비굴하지만 않으면 살짝 피해 가야지
할 말 없으면 그냥 지나가겠네
반말해서 미안해

뒤통수 자꾸 간질거린다
참다 참다 뒤를 돌아보았다
아무런 말도 없이
가만히 서 있는 커다란 소나무
솔 향만 은은하게 풍기면서

그대 이름은 바람

그대 기다려도 오지 않아
내가 간다
구월의 하늘 푸르고 뜨겁다
숲길을 걷는다
기다리던 바람
하늘 높이 솟은 상수리나무
소나무, 아카시아 사이
시원한 바람 분다

마음 하늘을 난다
나뭇가지에 실려 하늘 난다
좋다 아주 좋다 바람을 타 보라
무더운 여름날 땀방울
한순간 날려 보낸다

바람, 넌 참 부드러운 친구야
나뭇가지들도 춤추고
살결 보드랍게 만져 주고
마음조차 덩실덩실

회한(悔恨)

짧은 인생 살아오면서
가슴 벅찬 감동 맛보았는가?
그날이 언제인가?
가슴 벅찬 감동 만들어 낸 건 무얼까?

살아온 날에 비해 회한(悔恨) 많은가?
가슴 치고 머리 쥐어뜯는 정도는 아니어도
돌이킬 수 있다면
되돌리고 싶은 건 무엇인가?

무궁한 역사 앞에서 회한을 씹으며
오늘을 어떻게 살 것인가?
가면 다시 오지 않지만
한번 걸어간 그 걸음 또한
역사에 지울 수 없는 길 되리니
어찌할 것인가?

되짚고 또 되짚어 생각하고 생각해도
다시 고쳐서 하고 싶은 일
무엇이며 왜 그런가?

꿈속에라도 고쳐서
할 일 있다면 무엇인가?

그 일, 나에겐 묻지 마오
가슴에 묻어 두었으니 캐내려면
마음 지킴이에게 물어야 하오

외면

힌남노 태풍 크다
한반도 다 덮고도 일본까지 아우른다
여기저기 살려 달라 도와 달라 소리친다
콧구멍 가까이 흙탕물 다가왔다
더는 버틸 힘 없다
얼마만큼 더 참을 수 있을까?
삶에 대한 애착 악착같이 붙들어 본다

너만 아프냐?
나도 아프다
나는 머리 띵하고 목구멍에 열 올라
온몸에 힘 없다

다른 건 모르겠고
내가 안 아파야 살겠다
나 먼저 도와다오
침 삼키기도 힘들어 죽겠다

너만 아프냐?
나도 아프다

그리움 쌓이면

그리움 쌓이면
둥근달 둥실 떠올라

장대 들고 대추 따고
고사리손으로 고구마 캐내어
추억을 만들었다

솔 향에 송편 모락모락 익어 가면
개구쟁이 형제자매
부모님 커다란 나래 아래 파고들었지

추석 명절
둥근달 두둥실 떠오르고
그리운 맘 커지는데
그리운 사람, 정 주고 간 사람
그 어디 가서 찾으리오

나한테 말하지

힘들었어?
세상에 힘 안 든 사람 어딨어?

세끼 꽁보리밥으로
입에 풀칠하기도 힘들었지
라면이라도 끓여 먹지 그랬어?
살 돈 없었다고?
그러면 나한테 얘기하지 그랬어?

얼굴 보면 몰라?
꼭 물어봐야 알아?
많이 굶었어

말할 기운도 없었어
그래도 말해야지
하나님도 구해야 준다잖아
이젠 됐어?

사랑이 왔다

사랑이 왔다

태초에 나누던 사랑
광야를 지나서
일렁이는 강물을 건너
눈 덮인 산을 넘어
사랑이 왔다

손잡고 함께 가자며

설레나?

질문, 가지고 와

"질문, 가지고 와라."
몇 년 전 아들 친구 집에 왔을 때
다음에 선물로 가져올 걸로 한 말
고민이 되었는지 그 뒤로
한 번도 우리 집에 오지 않았다
풍문에 따르면 신학교 가기로 했는데
가지 않고 적성에 맞는 일 열심이란다

어느 부자 청년 예수에게 와
어떻게 해야 영생 얻을 수 있는지
중요한 질문을 던졌다

뭐라고 할까?
어떻게 살았는데?
율법 다 지켰다고?
음, 그럼 이건 어때?
자네 말이야!
재산 있잖나, 그거 팔아서
가난한 사람들에게 나눠 주고
나 따라와 봐

이게, 아닌데…
마음만 시끌시끌 삭끌…
괜히 물어봤어
소문에 다시는
예수 만나러 오지 않았다나?

설렐 수 있다면

시나 노래 끝까지
외우는 게 거의 없다
내가 쓴 시도
외울 수 있는 게 하나도 없다
감동한 어느 부분만 기억하고 있다

이유가 뭘까?
먼저 조상님께
외우는 머리는 받지 못했다
그러면 외우려고
노력이라도 해야지 않겠어
백번 읽어도 잘 안 외워지더군
그랬으면 성경을 다 외웠을 거야

또 이유가 있을까?
핑계 같지만 외우고 싶지 않다
왜?
외우면 재미없으니까
맛이 떨어져

세상에 처음 보는 꽃
세상에 처음 듣는 노래
세상에 처음 먹어 보는 음식
세상에 처음 사랑
그 맛 어떨까?

처음 보는 것처럼
처음 음미하는 것처럼
낯설게 만나
설레는 맘
그 떨림 간직하고파

가을 마중

아침저녁으로 불어오는 바람에
가을 속으로 한걸음 성큼 들어왔습니다
아직도 기나긴 여름과 해결할 채무
남아 있는 사람도 서둘러 정리하고 함께
가을 마중하러 채비를 갖추었으면 합니다

아직은 가을 초입에 있어
온전히 열매 거둘 때 아니지만
오뉴월 햇살보다 더 요긴하게 쓰일
가을 햇살 풍성한 열매 기약합니다

아직은 손발을 놀려 가꾸고 다듬고
돌보고 할 일
주인의 손길을 기다립니다

누구나 땀방울 흘린 자국 하나둘씩
간직하고 있겠지요
땀의 열매, 꿈의 열매, 사랑의 열매
좀 더 익어 가는 가을
마중이길 소망합니다

눈물방울

험한 세상, 눈에 힘주지 않고 살면
정글에 나를 바라보는 눈동자
이를 갈고 침을 삼킨다고 할지라도
남자가 운다고 여자여!
너무 나무라지 마라

남자의 눈물 잃어버린 감성
인간의 참된 아름다움
기뻐해야 할 때 웃고
슬퍼해야 할 때 울 수 있다는 거
얼마나 인간 된 아름다움인가?

밤이슬에 젖은 꽃도
일생에 한 번은 눈물방울 머금고
하늘을 쳐다본다더라
눈물방울 대지에 떨구는 날

메마른 땅 적시고
사랑은 꽃피어 하늘을 날아
두둥실 열매 맺으리라

찢어지는 소리

시장에 엄마 손 잡고 따라가다
잡은 손 놓친 어린아이 겁먹은 얼굴
몇 초 적막한 지구를 깨뜨리듯
울부짖는 소리

누구나 낭만 속의 그대 그리워할 별밤
갈 곳 몰라 흔들리는 눈동자
어디를 향하고 있나?
가야 할 곳 많은데, 반겨 줄 곳 없을 때
자신도 모르게 흘러나오는 소리 탄식

중학교 1학년 월요일 애국 조회 때
천 명 넘는 남녀공학 학생들 가운데
홀로 교복 입지 못하고 봄볕에
고독을 몰래 삼키던 소리

군대 시절 수요일 교회에 다녀와서
그 시간 양말 나눠 줘서 받지 못했는데
검사할 때
왜 양말 없느냐 추궁 받던 때

주번 사관 다녀간 후 침상 끝 선으로
구타 시작한 주번 하사
가운데 단추 있는 곳
정확하게 심장 쪽 때렸다

배에 힘을 줘도 소용없다
실수도 없이 계속 때렸다
쓰러지지 말자
억~ 숨을 쉴 수 없다
제발 그만 때렸으면…
다음 날 아침에 보니 목에서 피 나왔다

미아리 고개 철삿줄로
꽁꽁 묶여 잡혀갈 때
그 뒷모습, 언제 다시 돌아올까
제발 살아만 돌아오오
소리치던 그날
목 놓아 부르던 소리

꿈에도 그립고 불러 보던 그 이름
특별히 찬바람 부는 밤이면
천둥·번개 치던 밤
홀로 긴 밤 견뎌야 했던 그날들

돌이켜 후회, 탄식하는 그 목소리
사랑의 밧줄로 꽁꽁 묶어 놓아도
떠나간 님 부르던 소리

북녘 그리운 고향 땅
사랑하는 님 부르다 부르다 지쳐
마지막 숨 거둘 때
눈물에 젖은 눈동자 멈출 때 나는 소리

머물다 간 자리

느지막이 늘어진 여름날
모퉁이 돌아오는데
낯선 얼굴 계속 바라보고 있어서
약간 당황했어요

살짝 귀띔이라도 하지 그랬어요
항상 게으른 자
투정처럼 들릴지 모르지만
아직 내겐 한여름 봄볕에 몸 드러내고
열심 내는 개미 등짝에 붙은 삶의 성실함
더 배울 시간 필요합니다

가라면 가야지요
회한은 언제나 어리석은
자의 품에 머무는 군더더기
당신이 초대한 들꽃 만발한 오솔길로
함께 손 맞잡고 걸으며 지나온 여름날
땀방울 곱씹으며 지난날
향수에 젖어
낭만에 빠져 보렵니다

권정생, 외로운가?

권정생, 평생 혼자 살았다
어릴 때 가난한 삶의 고단함
거지 생활 통해 톡톡히 맛보았다
그래서 그는 가난하고 외로운 사람
이웃이었다

일제강점기 억압의 현실, 6·25
민족상잔의 아픔 글마다 녹아들었다
그는 밤마다 혼자 잤다
깜장 고무신 친구 삼고
옆구리에 배설물 빼내는 호수 생명선 삼아
외롭고 기나긴 세월
교회 종지기의 삶 충실하게 살아 냈다
그의 초라한 삶 부러워하도록
아무도 초대하지 못했다

기자가 물었다
혼자 사는지 외롭지 않은지
뭐가 외로우냐?
나는 밤마다 예수님의 손 꼭 붙잡고 잔다

외롭다는 얘기지
밤마다 예수의 이름 부르지 않고는
잠을 이룰 수 없다는 얘기다

얼마나 서럽고 고단한 인생길인가?
충분히 웅변하고도 남아
외롭지 않다는 그 말
아직도 가슴 시리게 하는데 어쩌나?

가을 길

가을 길 잘 걷고 있나요?
억새도 하늘거리는 들길
무르익은 가을 품

함께 걷자고 초대받은 지가 언젠데
옷 챙겨 입으랴! 몸 단장하랴!
마음에 상처 꿰매랴!
예쁜 옷, 향기로운 옷 마련하랴!

무심코 흐르는 세월 동아줄로 묶을까!
자꾸 걸리적거리는 밧줄만
탓하지 않은지 돌아봅니다

잘 익어 누구나 와서 한번 베어 물 때
달콤한 맛 내는 인생길이라면
얼마나 좋을까요?
지난번 묶어 둔 세월의 낚싯대
무심한 강태공 재촉합니다
어디에 있나요?
함께할 그대

춘천(春川) 호반(湖畔)

춘천 외삼촌 댁에 잘 갔다 왔다
그곳엔, 너희에겐 할머니도 계셨고
옛것의 새로움, 시간의 무게
추억의 잴 수 없는 깊이
추억과 현실 사이 차갑게 늘어뜨리는
무한한 경계도 보았지

비 내리는 춘천
소양강 댐에 기댄 여울
산자락 병풍 삼아 하늘거리는
비안개도 길 가는 내내 따라오더라

늦은 점심은, 그곳이 어디냐?
춘천, 춘천하면
소양강 물안개 차 마시듯 한 모금

닭갈비 뜯어 지워지지 않는 춘천 호반
그림 한 장 그리고 왔지

낯설게 하기

물구나무서서 바라보라
옆으로 바라봐 봐
위로 아래로
바꾸어 생각해 보면 어때?

외운 정답 내 것처럼
쉽게 대답하는 걸 거부하고
다른 말 해 보면 어떨까?
질문하는 이에게
같은 질문으로 되돌려줘 봐

가끔 홀로 광야에 서 봐
가끔 그리운 사람 그리워 밤 만들어
별빛 바라보면 좋겠지

낯선 장소, 낯선 시선에 적응하기
나도 또 다른 이에게 낯설게 대해 봐
몸도 마음도, 말과 글도
이런 건, 어때?

한 번은 곱씹어야

어두움에 스며드는 여명
소리 없이 다가오듯
한 번 열린 인생 문 소리 없이
세월의 강물에 흐른다

지날 때 보지 못했던 거
돌아보면 왜 보일까?
앞만 바라보고 갈 때는 몰랐는데
뒤돌아보면 왜 들릴까?

한 번은 돌아봐야지
한 번 바라본 만큼
자근자근 곱씹으며
쓴 물 단물 삼켜 봐야지

님 마중

바람 속에 오는가?
꽃향기 따라오는가?

꽃잎의 속삭임
귀 간지럽고
벌 나비 춤사위
마음 밭에 뛰노누나

가 볼까나 님 마중
설레는 마음 안고

드러날 때

감춰진 게 드러나지 않을 수 있으랴!
품은 꿈 펼쳐지지 않을 수 있으랴!
숨은 마음 드러나지 않을 수 있으랴!

비바람 자라난 세월
북풍한설(北風寒雪) 가꾼 마음

여문 마음 피어날 때
익은 향 있으랴!
멍든 마음 깨어날 때
품은 노래 있으랴?

돌아볼까요, 더 갈까요?

시원한 바람
서늘한 바람으로 느껴지면
가을 깊어져 갑니다

푸릇푸릇 빛나던 봄볕
어느새 홍조 띤 맛 빚어내듯
새파란 젊음 과시했던 청년
천둥, 비바람 견뎌 내 아침저녁
서둘러 오기를 바라던 날 진한 가을 향
서려 있는 얼굴로 다가옵니다

앞으로 더 걸어가 꿈 구울까요?
아니면 지나온 날들 헤아리며
익혀 온 꿈의 이야기 나누어 볼까요?

옷매무시 단정히 하고
헐렁한 마음가짐 다듬고
앞서 걸어 놓은 님들의 걸음 새기며
아직 서녘 중천에 걸린 소나무 향
친구 삼아 한 걸음 더 걸어가렵니다

결승선 앞에 한 번씩

아침저녁으로 불어오는
바람결 가을 깊숙한 품으로
들어가고 있음을 실감합니다

봄부터 꿈꾸며 땀 흘린 농부들의 노고
성실한 열매로 응답하는 들녘
보는 이들의 눈길 빛나고
흐뭇한 마음에 기쁨 흐릅니다

수고하고 애쓴 얼굴에
기쁨과 감사를 약속한
그분의 손길 다정스럽습니다

산과 들녘 누르스름
붉고 아름답게 영그는 열매 바라보며
계절 바뀌는 길목 설 때마다
결승선 앞에 한 번씩 서야 하는
인생임을 새삼 깨닫습니다

하나님께 가까이

안선애, 안 선 아이가 아니라
사람 이름이다
ACTS 대학 동문
세계 선교의 꿈을 꾸었나 보다

내게《하나님께 가까이》
책 빌려 간 지
언젠데, 아직도 응답이 없다

난, 하나님께 가까이 가고 싶다
하지만 하나님께 가까이 가기 어렵다
터키에 있는지
귀국선 탔는지 알 수가 없다

하나님께 가까이 가고 싶다
늘 곁에 있어 그 기쁨 누리고 싶다
하나님께 가까이 갈 수 있는 날 올까?

그 시간

2016년 4월 중순 그 어느 날, 어머니
평소와 같이 아랫마을
태복이 엄마 집을 향한다
언제나 길라잡이는 어린아이에게
필요한 낡은 유모차

골목 끝에 있는 우리 집에서 내려가다가
한 길 건너 아랫마을로 조금만 가면
동네 우물 옆 철대문 집이 나온다
항상 잠겨 있는 대문
작은 철문은 열려 있다

하지만 들어가려면
발을 발목 이상 들어야 한다
어머니는 유모차 밖에 두면
위험할까 봐 팔십구 노구에 낑낑대며
들어 옮기려다 그만 넘어지고 말았다

소리를 질렀다
커다란 마당 건너편 조그만

방 안에 있는 태복 엄마를 불렀다
넘어져 고통이 큰 만큼
태복 엄마 부르는 소리도 커졌다
태복 엄마는 어머니 친구다
놀란 가슴에 뛰어나와 어머니를 부축했다

급히 119 병원 차에 실려 갔다
엉덩 관절이 크게 부러졌다
무안 어느 병원 커다란 뼈
고정 쇠붙이 넣는 수술을 마쳤다
수술 잘 된 사진을 확인했다
수술 전 찍은 사진, 엉덩이와 연결된 뼈
여러 조각으로 부러져 있다

얼마나 소리를 질렀을까!
얼마나 아팠을까?
왜? 그 시간, 나는 곁에 없었을까?
늘 죄송한 마음 앞섰는데
아쉬움과 그리움 아린 마음 달래려나
그날 이후 수술 받고 회복하는 어머니
화장실에 다녀오다 쓰러졌다
수술하기 위해 금식하고 있다가 수술 후

회복도 빠르고 음식도 잘 드셨는데…

간호사의 급한 전화로
연락 받은 어머니의 목소리
뭐라고 얘기하는데,
"어우~, 어우우~"
알아들을 수 없다
어머니, 걱정하지 마세요
제가 도와드릴게요
천릿길 떨어져 있어서
이곳 안산에서 어떻게 하겠는가?

하늘의 별이 되신 어머니
셀 수 없는 밤하늘 별
이 밤도 그저 희미한 등불로
수없이 빛나는 별빛 헤아린다

내려앉은 햇살 어디에

우크라이나 시내 폭탄으로 울부짖는 소리
우리 귓전 때린다
왜 그럴까?
테러에 대한 보복이란다
남이 날 때리면 몹시 아프고
내가 남 때리면 왜 통증 없을까?

그동안 마구잡이로 쏘아 댄 폭탄으로
불바다 거리마다 시신 뒹굴고
정든 고향집 뒤로하고 피난의 대열
동동 구른 발걸음 누구의 소행일까?

강자가 살아남는지
살아남은 자가 강자인지
여전히 정글의 싸움 이어 가는 인간
너 죽고 나 살기의 처절한 싸움 아닌가!

누가 누구를 괴롭히는가?
약자가 강자를? 천만에!
괴롭히려고 해도 그런 데 쓸 힘 있으면

피하고 숨고 아부 떨고 하기에도
시간이 모자라지 않은가

봄부터 빛나던 햇살
더욱 짙은 솔잎 내려앉아
무슨 이야기 속삭이고 있을까?

한때 뭇사람들 눈길 한 몸에 받아
빨간 웃음 가득했던 벚나무 잎
가는 세월 이기지 못해 내팽개친 몸매
헌신짝처럼 길가 아무 데나 누워 있다
무슨 생각에 잠겨 있을까?
그래도 다시 찾아올 찬란한 봄날
꿈꾸고 있겠지?

마음의 때

너무 가까이 보지 마라
미혹되어 돌이키지 못할까 두렵다

너무 먹는 데 집중하지 마라
배에 기름때 낄까 염려된다

세상 흐르는 강물에
인생을 맡기지 마라
노 젓지 않아도 잘 가지만
마음에 때 낄까 두렵다

길 가다가 가끔 돌아봐야지
제대로 가고 있는지
뒤에 오는 사람
혹 넘어져 못 일어나는지

도망가지 마!

도망가지 마
견뎌야지
부끄럽다고? 그 정도는 약과지
그 정도는 누구나 견뎌

못 견디는 이유가 뭐지?
창피하니까? 물질에 손해 볼까 봐?
아니면 감옥에라도 갇히고
매라도 맞을까 봐서 그래?

도망가지 마!
듣기 싫어도 들어야 해
보기 싫어도 쳐다봐야 해
정 어려우면 숨어서라도 봐
너와 상관없는 게 아니니까

얼마나 견뎌야 하는데?
아니 한 시간도 아니고 뭐어? 평생?
도망가 봐야 누구 손바닥 안인데
미치겠네

관계 끊을 수만 있다면
끊어 버리고 싶다 이거지
그러면 미친 체해
눈깔을 뒤집고 침도 좀 과하게 흘리고
큰소리로 욕을 해 봐
사람들 놀랄 거야

그래도 못 견디겠으면
저주하고 하나님께 맹세해
마지막 도장을 찍어
그럼, 좀 안전할걸?
그러면 기다렸다는 듯 새벽닭 울지

도망가지 마
너, 모르는 사람 아니잖아
널 위해 저 사람 부끄러움 참고 있잖아
안 보여?

도망가지 마
견뎌야지
이 악물고 두 주먹 불끈 쥐고

278

얼굴에는 살짝 웃음 머금고

그 청년 변명할 수 있었는데,
도망칠 수 있었는데,
왜 잠잠히 있었을까?

무대 주인공

보라!
오늘도 동쪽 바다 떠오르는 태양을
바라보라,
밤새 지지 않고 피었다 지는
별들의 속삭임을

끝없는 광야에 홀로 피어 있어
바라보는 이 없을지라도
깊은 계곡 사이로 아름다운 곡조
즐거이 귀 내어 주는 이 없을지라도

빽빽한 숲속 노래하는 나무들
꽃피어 춤추는 새들의 어깨춤
함께 뛰노는 이 없을지라도
혼자가 아닌 것을

수평선 너머 달려오는 게으른 몸짓
누구를 위한 조명인가?
밤새 쉼 없이 뛰노는 파도

누구의 응원 박수인가?

보라!
새날 열어 하늘 땅 흔드는 소리
내딛는 나의 한걸음에
태양 떠오르나니

알몸

알몸 보여 달라고 하지 마세요
그러려면 옷 다 벗는 용기에
부끄러운 상처 보일 수밖에 없어요

매일 옷을 입습니다
잠시 걱정 덜고
수치 대신 기쁨 누리지요

밤이면 옷을 벗습니다
아무도 내 허물 볼 수 없기 때문이죠
갑자기 달빛이라도 들면
화들짝 놀라지요

대낮에도 허물 가릴 수 있다면
옷을 입어 아름다울 수 있다면
그 옷 한 벌 사 입고 싶어요

알몸 보여 달라고 하지 마세요
부끄러운 눈동자 서로 마주치면
우린 낙원 잃어요

고독

지구가 멸망했을 때
단 한 사람만 살아남았다면
동녘에 이글거리는 태양
솟아날 용기 잃지 않을까?

별 하나, 별 둘 함께 헤아리던 사람
떠나고 없다면
수많은 밤하늘 별의 노래
무슨 재미가 있을까?

실패 때문에
약함 때문에 받은 좌절, 상처
수양버들 내비치는 강물에 흐른다면
들에 피어난 온갖 들꽃 잔치
무슨 감동이 있을까?

사랑은 모두 떠나고 미움만
이 땅에 웅성거리고 있다면
사랑 때문에 천릿길, 만릿길 달려와
벌 나비 춤사위에 맞춰

사랑 고백한들
무슨 달콤함 있을까?

편견

넌, 왜 피부가 검어?
네 조상이 죄를 지은 걸 거야?
너무 익힌 거야?
넌? 백인이라고? 익다 말았네
너도 잘난 거 없어

넌, 왜 키가 큰데?
키 커서 잘난 거 뭐 있어?
그 키 네가 키운 거야?
밥만 잘 먹으면 자동으로 크는 거야?

야! 너는 왜 그렇게 작아?
남들 다 자라고 있을 때, 넌 뭐 했어?
밥을 못 먹었나?

저 사람은 왜 부자야?
뭐가 잘나서 부자 부모를 뒀을까?
저 인간은 왜 작은 중고차를 탈까
오래되고 낡은 걸 좋아하는 모양이지
취미도 참!

외면하지 않은 용기

봄부터 내리쬔 햇볕
외면하지 않은 들녘 용사들

부끄러워 얼굴 붉어진 사과
황금물결 이뤄 농부의 흘린 구슬땀
보람 안겨 준 누런 이삭

이젠 아름다운 얼굴 그려 놓고 사라져
어느 하늘 아래
떠도는지 모를 아름다운 꽃향기

비바람, 천둥·번개 오뉴월 햇볕까지
가꾸어 온 나뭇잎의 화려한 옷자락

가을 길 가는 나그네마다 옷깃 여미고
아름아름 저들의 노래에 화답하며
그 향기 가슴에 새겨봅니다

언덕배기 구절초

엷은 미소 띤 하얀 구절초
수줍은 듯 분홍 뺨 감춘 자태
티 없이 맑은 가을 바라보는 눈동자
수수하고 사랑스럽게 가을 하늘 수놓는다

은혜가 내려왔다
가을 하늘 새하얀 구절초에 내려앉았다
한 해 동안 수고하고 애쓴 열매마다
한가득 지난날 이야기 안고 있다

좋다 참 좋다
하늘 내려앉은 구절초
가까이 다가가 건드려 보아도
제 흥에 겨운 작은 벌들
꿈의 나래 펼친다

눈을 들면 황금빛 들녘
하얀 이빨 드러낸 벼 이삭
아무것도 부러울 게 없는 넉넉함
들녘 채워 가는 노을에 나그넷길 반긴다

나는 겸손합니다

나는 잘난 척할 줄 모릅니다
남을 욕하거나 비난할 줄도 모릅니다
항상 남을 나보다 낮게 여깁니다

나는 나를 사랑하는 데 미숙하지만
남을 사랑하는 데 노련미가 흐릅니다
물질에 가난하지만
마음만은 언제나 부자입니다

나는 성경만 읽습니다
가능하면 성경을
다 외우고 싶습니다
항상 기뻐하고
쉬지 않고 기도합니다

내 옷자락은
온유와 겸손입니다
나는 숨질 때까지
찬송만 하렵니다

나는 예수밖에 모릅니다
예수만 사랑하고
천국만 소망합니다

이 시를 읽고 있는 당신보다
더 겸손합니다
혹 항의하고 싶다면
나보다 더 겸손해지면
그때 오시면 기꺼이 반기겠습니다

들꽃

종일 서 있어도
인사 나누는 친구 없어
귀히 여기지 않아
하지만 외롭지 않아

너는 최고가 될 수 없어
그렇다고 꼴등은 아니야
너는 왕도 아니야
그렇다고 신하는 더욱 아니지

화려하지 않지만 넌 특별해
넌, 너만의 아름다움
누구도 흉내 낼 수 없는 멋 있어

넌, 오다가다 눈에 띄지도 않지만
마음에 향기만 있으면 충분해
작지만 누구도 흉내 낼 수 없는
태초의 아름다움 머금은 얼굴

오는지 모르게 왔다가

가는지 모르게 사라졌어
올 때 아무도 반기지도
떠날 때 아쉬워하는 이 없지만
넌 반짝이는 별
영원한 사랑을 간직한 향기야!

어머니 빈자리

밥 먹을 때
어서 먹어라! 맛있냐?
물어볼 사람, 맞장구 칠 사람도 없이
허무한 날 혼자 먹는 밥
아무리 맛있는 음식이라도
홀로 그리움을 씹는 맛
모래알 같다는 걸 몰랐다

늙으면 외로움도 없고
혼자 지내도 잘 견디는 줄 알았다
늙어도 아프고,
아프면 따스한 물 떠다 줄 손
약방에 달려갈 그 손
얼마나 간절한지 생각도 못 했다

칠흑같이 어두운 밤
천둥 비바람 몰아칠 때
홀로 긴긴밤 보내는 그 밤
얼마나 그립고 외로울까
생각도 못 했다

떠날 수도
외면할 수도 있던 그 자리
온몸으로 지켜 간 자리
난, 그가 외로울 때
그리움만 안겨 주었다

5장

짙어 가는 나그네 골목길
(2022년 11월~2022년 12월)

당신 안에 나 있어

허리띠 졸라매 삶을 배우고
무릎 꿇어 경건을 익히던 시절

주린 배 움켜쥐고 마른침 삼키며
하늘 아버지 그 이름 애타게 불러
그 품속 파고들던 때
이른 아침 남한강 강가 물안개 사이로
흐르는 하늘 영광
참으로 아름다운 찬양이었어라

삶과 신학 온몸으로 익히던 때
4년 동안 아르바이트하며
견뎌 낸 그 시간
내겐 40년 같은 광야 세월이었어라

방학이면 갈 곳, 머물 곳 없어
동가식서가숙(東家食西家宿)하던 때
목마를 때 냉수 한 사발
기운 없어 비틀거릴 때 영지버섯
끓여 건넨 손길

점심 건너뛰었을 때 반찬 몇 가지에
정성으로 차려 낸 진수성찬

정처 없는 나그네 대접한 그 손길
당신 안에 나 있고
내 안에 당신 있어라
그 세월 어찌 지울 수 있으리오

꿈같은 세월

꿈같은 세월 40여 년
꿈같은 시간
밤새워도 모자란 삶의 노래
흘러만 가는 아쉬운 정

또다시 머나먼 날 기약하려나
잘 살아가세
훗날 다시 만날 그때
그리운 시간 기쁨의 노래
따스한 감동 주는 노래 불러 볼
그날을 기대할 거네

사랑하는 경태 친구
정근 친구 함께 만나 정말 기쁘고
감사한 시간이었네
특히 경태 자네의 헌신적 정성과 가이드
정말 멋지고
가슴에 남는 추억을 만들어 주었네

진심으로 감사한 마음을 전하네

평안과 행복 함께하는 밤 되길…
난, 남해의 처제가 사용하는
펜션에 와서 쉬고 있네

공짜

공짜? 거저 받는 거지
얼마나 좋은가?
혀끝을 자극해 끝없이 빨아들일 기세다
좋은가? 공짜!
정신을 멍들게 하고 게으름에
속도를 더한다
오히려 두려워하라

공짜 마음에 새겨 잊지 말고
갚으려고 애를 쓰라
내 몸에 공짜의 단맛 빠져나갈 때까지

공짜, 은혜인가?
은혜, 다 갚을 수는 없으나
평생 갚아도 다 갚을 수 없는 사랑
덕인 줄 알고 다 갚았다는 생각 들면
경성(警醒)하라
은혜를 망각한 증거이리니

은혜 타인에게 끼치는 것이니

얼마나 정성과 희생
땀과 눈물 필요한가?
은혜, 은혜 되도록 살아갈 수 있다면
하늘의 은혜 내린 줄 알고
감사로 노래하라

노예 요셉의 옷

아버지 심부름을 가지 말았어야 했어
찾아가서 없으면 그만이지
그 잘난 형들 없다고 물어물어
있는 곳까지 찾아갈 게 뭐람?

저기 꿈꾸는 놈 온다
자 힘을 합쳐 죽이자
그래서 그 꿈 어떻게 되나 보자
꼭 죽일 필요 있을까?
노예로 팔자
돈도 되고 좋지 않아?

자! 노예 사세요
싱싱한 히브리 노예
얼마요? 은 25냥 뭘 25냥?
아직 솜털도 다 안 빠졌는데
그래도 미남에다 눈도 총기가 있고
장래 꽤 쓸모 있을 거요
그래도 일한 경력도 모자라고
아직 풋내기니, 은 18냥 어때요?

옛다 은 20냥
횡재한 줄 알아요

고운 옷 대신 찢기고 더러운 노예 옷
아빠의 사랑 독차지하던 요셉
선배 노예들 군기 잡는 완력에
팔다리 어깨 멍든 가슴
쓰리지 않은 곳 없다

창살 너머 별빛 흐르는 속삭임
처량한 마음에 나도 모르게
두 볼 타고 흐르는 눈물
뜬눈으로 밤 지새운다

푸른 태양은 나의 희망
신(神)이 내게 내려 준 삶의 터전
성실은 나의 양식
빛나는 아침 이슬에 내 마음 새롭다

장군의 여인, 화장기 넘치는 냄새
불타는 여인의 살 내음에
내 빈 가슴 내어 준다면?
아! 그건 아닐 거야

삼십육계 도망, 상책이야!

피 터지게 얻어맞고 쓰리고 쓰라린
몸과 마음 안고 처박힌 지하 감옥
이제 어디로 가나?

더럽혀지고 찢긴 옷, 피투성이 몸
나는 나야, 요셉
다시 별빛 친구 삼아 어두운 터널
빛을 따라
꿈을 따라 나의 길 간다

하루 여는 문

새벽잠 깨워 화장실에 갔다
청춘도 아닌데, 새벽마다
무슨 꿈을 그리 꾸는지 모른다

앉아서 용변을 본다는 거
어렸을 적에 쭈그리고 앉아
나오지 않은 어떤 물질에 힘을 주다 보면
이마에 땀 나고
나중에 다리에 쥐가 날 때도 있다

안락의자에 앉는 것처럼 앉아 편안하게
볼일 보는 거 참 신기하고 고맙다
밤새 장(腸)운동 시원하게 밀어내 준 소장
대장에게도 감사한 마음이다

대야에 수도꼭지 트니 물 나온다
그것도 약간 따스한 물 쏟아진다
얼굴과 목을 닦고 손과 팔을 닦았다
참 시원하고 상쾌하다

아, 이 신비로운 기분
그 누군가의 수고에
감사하며 하루 문을 연다

꿈을 꾸는 그날

우리 희망인 수험생들
두려움 없이 당당하게 맞이하게 하소서
시험 성적 인생의 다가 아니라
하나의 작은 디딤돌인 걸
인정하게 하소서

그동안 수고하고 애쓰며
함께 밤잠 설치며 마음 조아린
모든 수험생의 부모에게
위로와 안심하는 마음을 주소서

혹여 마음에 소원이나 그 자리에
함께하지 못한 모든 사람
또 다른 삶의 여정
이유와 보람 있는 발걸음 되게 하소서

함께 교실에서 운동장에서 몸과 마음
부딪히며 꿈 심어 준 선생님 수고에
감사하는 마음, 함께 희망 심고
기다리는 평안 품게 하소서

그날 아침 하얀 입김을 통해
뿜어져 나오는 그 두려움
그 떨리던 마음 잊지 않게 하소서
내딛는 한 발짝 나의 역사요
나의 숨결이요
고귀한 인생의 발자취 새기는
순간임을 기억하게 하소서

내 어찌 화답하지 않으리오

하나둘 세다 만 흔적
밤새 때리는 바위섬 파도처럼
한없는 바닷가 모래알

저 별은 너의 별, 저 별은 나의 별
하나둘 세다가 잠든 밤에도
은총 쏟아지는 새벽 그친 날 없으니
어찌 화답지 않으리오

그곳 어디든, 그때 언제든
그 밤, 빛을 잃은 별들 무수할지라도
그 낮, 어둠 이슬처럼 내려
꽃향기 모두 고개 숙일지라도
내 어찌 그 사랑 고백에
화답하지 않으리오

함께 걸어요

게으름 피울 줄 모르고
아침마다 새벽 깨우는 태양

엄마의 가슴처럼 검은 대지
생명을 품고 마침내
향기로운 꽃 피워 내는 땅

하늘과 땅 서로 만나
사랑의 노래 부르는 곳까지
함께 걸어요

향기

찬 서리 머리 이기까지
봄 새 울던 계곡 흐르는 물
발 담그며 그려 보던 하늘의 꽃

오뉴월 뙤약볕
벌겋게 그은 얼굴
가을 아침 약속을 담아 두고
천둥·번개에 떨리는 밤
사정없이 내리 때리는 장맛비

메마른 마음조차
촉촉이 젖어
그리던 진한 향기 담은 우리 추억

젖은 구름에 하얀 이빨 드러낸 서릿발
온몸 비틀어 끝끝내 지켜 낸
너와 나, 사랑의 약속
이제 마음껏 하늘에 날려 봅니다

길목

매서운 추위 겨울 문턱 넘는 맛
톡톡히 보게 합니다
가을 너머 겨울 문턱
날카로운 칼날에 베이듯 잘라
머나먼 겨울 길 가자 합니다

아무런 미련도 호시절도 뒤에 두고
미지의 세계로 한 걸음
내딛자며 재촉합니다
흐트러진 몸매에 긴장의 옷고름 죄며
기나긴 여정에 한 걸음 보탭니다

낯선 곳 들었던 정도 남기고
쌓아 두었던 무용담(武勇談) 내려놓고
실패와 부끄러움 살며시 떨구어 놓고
사막 밤길 같은 겨울 길에 들어섭니다

가끔 은하수 물결에
흐르는 잔설 친구 삼아
또 다른 미지의 세계 열어 가렵니다

몸부림

감히 쳐다보지 못하도록
이글거리는 저 태양
누구의 열정 담은 눈동자인가?
누구의 목을 죄는 분노인가?

무수한 별빛에도 감추지 않고
밤마다 검은 장막에 거하는 침묵
누구의 말 못 할 사연인가?
매일 다하지 못한 미련에 대한 항의인가?

깊은 밤 단잠 깨워 철썩거리는 파도
누구의 웃지 못할 잠꼬대인가?
제 목숨 다하지 못하고
어미 품에 누워 버린
자식에 대한 애타는 눈물인가?

끝없이 너른 들판에 숨죽여 피어난 들꽃
누구의 가슴에 머물다 간 꿈의 조각인가?
아무도 들어주지 않은 무정한
가슴에 대한 다함없는 고백인가?